书商旧梦

启真馆 出品

# 书商旧梦

沈昌文 著

ZHEJIANG UNIVERSITY PRESS
浙江大学出版社
· 杭 州 ·

**图书在版编目（CIP）数据**

书商旧梦 / 沈昌文著 . -- 杭州 : 浙江大学出版社，
2025. 6. --（沈昌文文集）. -- ISBN 978-7-308-26058-9

Ⅰ . I267

中国国家版本馆 CIP 数据核字第 2025JN5040 号

## 书商旧梦

沈昌文　著

| | |
|---|---|
| **特约策划** | 草鹭文化 |
| **责任编辑** | 叶　敏 |
| **特约编辑** | 刘瀚阳 |
| **责任校对** | 张培洁 |
| **装帧设计** | 草鹭设计工作室 |
| **出版发行** | 浙江大学出版社 |
| | （杭州市天目山路 148 号　邮政编码 310007） |
| | （网址：http://www.zjupress.com） |
| **排　　版** | 上海碧悦制版有限公司 |
| **印　　刷** | 北京中科印刷有限公司 |
| **开　　本** | 787mm×1092mm　1/32 |
| **印　　张** | 10.125 |
| **字　　数** | 153 千字 |
| **版 印 次** | 2025 年 6 月第 1 版　2025 年 6 月第 1 次印刷 |
| **书　　号** | ISBN 978-7-308-26058-9 |
| **定　　价** | 72.00 元 |

纪念沈昌文先生诞辰九十五周年

五十年代住在东堂子胡同人民出版社宿舍，与同一小院的人
民出版社编辑合影

一九八八年陈原与沈昌文在香港

# 目　录

**书商的旧梦**

## 最后的晚餐

书商的旧梦

# 第一本历史教科书

　　不记得自己是否上过中国历史课。小时候上的是上海工部局学校，至今还背得出当时的英语第一课和日语第一课，但一点想不起在哪里学过中国史。半工半读上了大学，学的是新闻，也没上过历史课。真正看起历史书来，是一九五四年编辑部讨论出版张荫麟先生的《中国史纲》。编辑部讨论得热烈，勾起我这小学徒的兴趣，乘机读了生平第一本历史教科书。

　　那时要出《中国史纲》，似乎是金灿然先生的主意。一九五四年前后重印新中国成立前学术旧著，很热闹了一阵，直到一九五七年才戛然而止；又直到一九六六年"文化大革命"大批特批此事；再以后，到二十世纪八十年代后又再走回头路。到目前为止，这本书似乎已有三个本子：一九五五年版、一九九八年版、一九九九年版。退休后想补补自己中国历史的缺课，再次搜集诸本来读，学习历史之余，还真好好回忆了一番五十来年中国出版史的一角。

上世纪五十年代我们之讨论这本书，是研究如何出法。记得责任编辑是江平老大姐，人称江老太。江老太已谢世多年，她是三联书店编辑部难得的工作认真负责、为人耿直正派的资深编辑。当年讨论的是如何对待书中有问题的地方。几经研究，不得不将不符合当年史学标准处一一删节。但讨论到一个地方：书中说汉朝皇帝采取了刘敬的和亲政策，但又舍不得公主，只得用"同宗一个不幸的女儿去替代"，而"单于们所希罕的毋宁是'蘖酒万石，稷米五千斛，杂缯万匹'之类，而不是托名公主而未必娇妍的汉女"。这里"而未必娇妍"是否要删？说来话去，最后似是曾彦修、陈原先生拍板，凡可删可不删的地方一概不删，总算保留下来。这是当年领导的大胆敢为之处。

当时，说起编书要作删节，最是当编辑的痛苦而又不得不为之事。尤其是编翻译稿，洋人放言畅论，中国编辑要是放之任之，不仅祸国殃民，而且影响自己的饭碗。我同吴彬女士一起编《情爱论》时，我主张既要重视作者强调肉欲的论点，又必须删去论证这论点的不少论据。现在看来是不对的。后来同朱志焱兄一起编《第三次浪潮》，又不得不删去书中不少不符中国国情的话。后面这一举动，遭到了一位教授的正当的批评。他认为这一来，等于是美化了洋人，使我们的读者误以为这位作者对中国、对马列主义有正确的认识（至少是并没有误解）。这当然是个大问题。但如果照印不误呢？当时我的饭碗肯定要丢了！

"文革"中，同三联老前辈史枚先生朝夕共同劳动，谈到过这类问题。他教我一法：作删节，但标出"此处已删多少字"。后来他主持编《读书》，就很想这么办。可惜的是，此老壮志未酬便谢世了。

读一九九八年版、一九九九年版的《中国史纲》，觉得现在已把过去删节之处都恢复了，更不要说两书都有精彩的导读或序言。（但一九五五年版亦略有可取之处，如上举"蘖"字，后出两本作"孽"，谅误。）改革开放之有益于读书人，殆为明证之一。

二○○二年十二月

# 从旧资料中学习

在我学习做书的历程中，除了因缘时会，得以在几位名家指导下做事外，受益最多的是当年的出版社有一个大资料室。

那时的资料室是如何建立起来的，余生已晚，颇难言其究竟。但是，印象极深的是，一九五四年下半年曾彦修先生来社领导工作，对资料工作进行了一项重大改革：本社职工可以进库任意阅览，资料库完全开架。现在想起来，要是当年没有这条件，我任什么也不可能像今天那样爱书、懂书。

资料室的内容丰富，得力于从事领导此事的金敏之、郑曼诸位的努力，另外，得力于接收了当年韬奋图书馆的藏书。韬奋图书馆是三联书店附设的一个机构，大概一九四九年前在香港就有了。一九四九年后，在北京逐渐充实藏书。当年主持其事的诸公中必有俄语专家，因为我发现其中往往有意想不到的俄文书，例如我读的霭理斯，最初读到的就是那里藏的旧俄译本。另外，一九四九年以前出的本版书那里都有，于是就了解了自己单位的出版传统。

当年精力也真旺盛。每天一有空，就往资料室钻，一架一架地依次翻阅，值得注意的，借出来晚上读。于是，三几年下来，整个资料库几乎都翻遍了。大概可以做到，谈起某书，一蹓进书库，不用查目，即可找出。以此效率服务首长，想是上乘。

但是，最受用的还是你自己要组稿、报选题，脑子里有了一点主意，在资料室泡它若干小时，主意就充实了，完备了。退休后也试图利用国家图书馆的藏书来做此事，却不能。因为你见不到实物，难以现场翻阅。等到十来本书陆续查出，借到，至少要花一整天，乃至一周。于是，像我这类惯于"急用先学"的浅学之辈，也许早又改变主意了。开架找书之益，老前辈也称道。如何封先生，他一查书就离不开资料库。例如原来要查黑格尔（Hegel）的某句话，忽然从黑格尔书中看到提起亚里士多德（Aristotle），于是又有兴致去看亚里士多德。这一来，就难以脱身了。做书到这火候，可谓神矣！

跑书库实际上是一种书目学训练——做书的人基本训练之一。当然，我们的这种训练与学人不同。我们是浅尝，不是深究。但是，要是没有至少成千个书目存在于胸中，要顺利地编书、贩书怕也难。

我不知道韬奋图书馆的历史。读了那里的许多书，立即想到涵芬楼图书。那里一定内容更丰富。仰慕涵芬楼已久，始终无缘拜谒。但由此想起，为做书的人准备一个尽可能充实的书库，大概是老一辈出版家共有的远见卓识。我们常说要打品牌，要树立什么先进意识，但如果不在每个做书的人心中装进成千本书，怕是难的。

上世纪九十年代在退休前忽然出现了某种"五十九岁效应"，妄图恢复韬奋图书馆。为这打报告，申请钱，穷忙一场。但终究怠懒，未能如老前辈办事之雷厉风行，勇于创业，终底有成。这不免是一件憾事。

家里还有一些从韬奋图书馆处理出来的三联版旧书，闲时翻读，不胜唏嘘。比起前辈出版家如曾公者，我们差远了。

二〇〇三年一月

# 编辑工作的甘苦

居家无事，偶理旧卷，读到老同事吴国英先生一九六四年二月的一篇旧作《编辑工作甘苦谈》，不胜感喟。

吴先生是人民出版社的老编辑，多年编马列著作，精娴英德俄语。他加工了普列汉诺夫著《没有地址的信》译稿，写了一个工作报告。此书是曹葆华先生所译，原书由苏联学者所编。按说是名著名译，编辑大可省心。但吴兄却没少费心，仔细推敲查改，不只加工了译文，更主要是改正了俄文版编者的许多疏漏。大功告成后，写出这一篇三五千字的报告，详述其中甘苦。

重读吴兄这一大作之前，正好看到报上一篇文章：《版权贸易喜人，译著质量堪忧》。文中讲当前翻译出版品上的疏漏错误，实在惊人。例如，"一部文学作品中原作长达几页的描写，在中译本中竟成了'光阴似箭，日月如梭'八个字"。文中有几句语重心长的总结性论断："译德滑坡、学术腐败、编辑不济、市场混乱已成了译界、出版界的公害。"再回想近年来揭示的一些译本里的笑话，如门修斯之类 ①，吓得我简直不敢买翻译书看了。

吴兄的这一工作报告，被当时人民出版社总编辑王子野印送给主管思想文化的首长胡乔木。之所以呈送，原因我想也简单，因为《没有地址的信》中译文的某些问题，首先是胡乔木注意到的。胡乔木就此写一长信给人民文学出版社的楼适夷，时间在一九六三年二月十四日。可能也因此，胡乔木看到吴兄的报告后，极为赞赏，复信给王子野说，"这是自力更生、奋发图强、鼓足干劲、力争上游的精神在编辑工作中的体现"。胡乔木的这些信，都收在今年出的《胡乔木书信集》里。

看看眼前这一堆文件、书信，似乎可以说：翻译书的质量实在是今不如昔了。但从出版全局看，似乎也不必作如是观。就出书的路子看，实在是现在比过去宽。例如，

---

① "Mencius"是西方学术界对"孟子"的标准翻译，一本国内学术译著将之再译为"门修斯"。——编者注

我一直喜读潘光旦先生的译品，上世纪五十年代中某天，潘先生挟着一大批稿件，步履艰难地来到人民出版社，找王子野先生，希望出他译的恩格斯《家庭、私有制和国家的起源》稿。他的这一译稿，犹如他译的《性心理学》，特色之一是加了大量译注。在当年，一个个人，即使名声之隆如潘先生者，也不可能出一本个人自译的马恩著作，何况又去"佛头着粪"，加一大堆注释。其结局，自然只是"婉退"。多年来，我一直记挂这件憾事。尤其记得的是，潘先生见我说上海话，问我原籍，知是大场人，于是同我大谈他在宝山的情况。几十年后，我经手敢出潘译霭理斯的《性心理学》了，但还不敢出恩格斯的这一译本。现在看到全稿已收在《潘光旦文集》之中，喜何如之。这应当是选题思路开放的一个显著例子。

但译文质量之下降，自然还是值得担忧。呼吁之后，必然会有解决办法。当然单单依靠如吴国英兄当年那样，一月挣百把元工资，拼死拼活，查找资料，即使其后誉以种种美辞，现在怕也不能行了。还得靠一些新办法。这办法总会想得出来的吧！

顺便说说，过去管思想文化的领导，管得也许太紧，但是本人喜欢读书，往往有不少在行对路的具体指点，实在是我辈学徒生涯中的极好教材。上述《胡乔木书信集》即收有不少。但据我记得，似尚有漏收。如胡乔木给陈祖芬信（一九八〇年十月三日），其中谈语法修辞问题，我们当年都是很受教益的（例如不要用"人才们"这类说法）。

现在，想必还应常有这类指点，只是我个人见不到而已。

二〇〇二年十一月

# 人民有读书的自由

记得《读书》杂志，不必去记得沈昌文之流，但不能忘记李洪林。原因很简单，李洪林在《读书》创刊号上发表过一篇有名的文章——《读书无禁区》，由是使中国读书界大受震动，《读书》杂志其名大彰，直至今天。

我当时还没进《读书》入门，进门后经常作检讨。我当秘书出身，作检讨是行家，所以不以为是什么负担。由是收集了不少关于《读书无禁区》的材料，听到不少宏论，倒是一乐。我收集到了此文手稿，于是知道文章原名是：《打破读书禁区》( 这篇手稿保存至今，最近万圣书园和百年翰林府酒家要举办关于《读书》的陈列，我已献出 )。读了原标题后，看全文，觉得文章实在没多少违规，但不论如何，既然说要检讨，还是非得检讨不可。最近有人写文挖苦说作检讨是"自渎"，大概不大了解当时这种行为名曰自愿，其实还是强迫的。我最后一次检讨，准备得比较充分，很想要"深刻"一下。不料那天上面临时忽然发现《新华文摘》出了大事，要他们"深刻"，不让我说话。事后估计，可能是主持其事的出版首长杜导正先生有意放我一马；看以后杜先生离休后在《炎黄春秋》上的言论，颇信其是。

李洪林在这篇文章里提出，"在林彪和'四人帮'横行的十年间，书的命运和一些人的命运一样，都经历了一场浩劫"，"对文化如此摧残，确实是史无前例的"。"四人帮"打倒了，但是，有一个原则问题还没有解决："人民有没有读书的自由？"作者引举了毛泽东的话："毛泽东在二十二年前批评过一些共产党员，说他们对于反面东西知道得太少。他说：'康德和黑格尔的书，孔子和蒋介石的书，这些反面的东西，需要读一读。'他还特别警告说，对于反面的东西，'不要封锁起来，封锁起来反而危险'。连反面的东西都不要封锁，对于好书，那就更不应当去封锁了。"

尽管引举了毛泽东，又在下面大段论述对读书不能放任自流，但书中居然提出"人民有没有读书的自由"，提出读书是人民的"民主权利"，还是一个大问题。李洪林当时官居中央宣传部理论局局长，自然更是问题。我纳罕，在当年，怎么就会有那么多人，也包括一部分读者，不能容忍"读书自由"这提法。更不要说许多理论方面的笔杆子正式指责此文的要害是反对行政干预，主张放任自流。还有奇怪的是，李洪林为文，即使引举毛著，也不加"同志"两字（更未加"主席"等职衔），这在当时也属犯禁之举，很受一些责备。

直到一九八五年，此事才算稍加平息。三联书店当年出版一套"研究者丛书"，以李洪林的文集《理论风云》为第一本。这本书又以《读书无禁区》为"第一场风波"。李洪林很大度，经编辑部改过的标题没有改回来，而且声言，"凡受批评之处，一律不再改动"。此书印了二万册。一九九二年六月李君写信来要买二册，已经不易找到，现在想必更是见不到了。

不见李洪林久矣！到了今天，提到《读书》，人们总还得先提这篇名文。这消息，我们什么时候可以捎给他呢！

二〇〇四年八月

# 给"底气"

经常想起一位已经过世的女作家：李以洪女士。

我同李以洪不算很熟。见过面，聊过天，也许还吃过饭。知道她在剧协工作。英年早逝，也许只有五十多岁。但是，彼此不是非常相熟，因为我究竟不懂戏剧，是个十足的门外汉。

说到这位女士，是因为她写过一篇石破天惊的文章——《人的太阳必然升起》，发表在一九八一年第二期《读书》杂志上。当时，我刚编了一年杂志，什么都还生疏。一九七九年四月杂志创刊号发了李洪林的《读书无禁区》，并不是我经手的，不过等我管事，却轮到我出面。由此才知道编杂志这件事的厉害，开始尝到味道。但是到一九八一年初，陈翰伯先生找我，说他要用编辑部名义亲自写一篇《两周年告读者》，要我提供资料。我看了他的初稿，自然佩服至极，只提出，可否为《读书无禁区》说几句话。老先生听我说完，立即表态：我支持这篇文章。于是在"本刊编辑部"署名的《两周年告读者》中加了一段话，明确表示："我们重申我们赞成'读书无禁区'的主张。"陈老还特别在文章中指出，我们今后"思想要活跃，形式也要活跃"，反对"摆起面孔训人"。这位老先生的这一番话，使我回醒过来。

就在这时，收到李以洪女士的稿子《人的太阳必然升起》。文章写得真精彩，读得我们编辑部全都拍案叫绝。李文要求人的尊严，人的自由，说"三十年来……我们曾经把尊敬、热爱、信任和崇仰无限止地奉献给神，现在，是偿还给人的时候了"。"人性与人道主义问题曾经成了禁区。但是神封的大门一旦被实践推开，巨大的能量就会被释放出来，丰富的精神蕴藏就会在实践中焕发光彩。从物质生活到精神生活，所有社会实践的领域都将迸发着摧枯拉朽、振聋启聩的声响和火光，以此欢庆历史新时期的开端。这将是人的重新发现，是在新的历史条件下的人的重新发现！""神的太阳落下去了，人的太阳必然升起。"

但是，文章能不能发，我仍然很拘谨，拿不定主意。

想想陈翰伯的态度，他一直鼓励我们思想解放，但请示他，似乎太严重了。不得已，就请教主编陈原先生。陈老挂名主编，其实一切都让我们做主。我把文章给他，他读后立即回话：一字不改，全文刊登。

文章登出后，自然又少不了上面通报批评。但我心里很稳，一点不慌乱。同陈原老屡屡谈起其事，他总是一句话：要相信马克思。后来，一位非常有威信的作家写了一篇批评文章《狗的月亮已经升起》，对李文进行了可说是毁灭性的打击。但到这时，两位陈老给我们垫的底气，使我们仍然一以贯之地执行思想解放的方针。

现在，二十多年过去了。我偶然在书店见到这位很有威信的作家重新出版的文集，用心翻查，似乎《狗……》这篇名文并未收入。可见，到几十年后人们回过头来思索一切的时候，也就一切明白了。

我由是懂得，编杂志要出好东西，首先要有李以洪那样有勇气有才华的作者，同时更应该有领导给我们足够的底气，使我们在编时尚的文章时具有充分的历史感。

二〇〇四年七月

# 上苍的安排

在内地说起香港作家董桥，知识界脍炙人口的一句名言是："你一定要看董桥！"尽管不赞成这说法的人也尽有，但是它确实大大地影响了知识人，乃至缩短了内地和香港知识人之间的距离。一度还曾因为这句话的"版权"产生一些问题：人们以为引用过这名言的一位学者是它的创始人。其实，它来自柳苏先生一篇文章的标题，此文载于八十年代《读书》杂志某期，是我经手和办理发稿事宜的。

真是上苍的刻意安排：柳苏先生原在香港，按说怎么也请不到他来北京为《读书》写专栏。但在八十年代某日，我忽然奉派去见一位香港来的史先生，说是可以请他写稿。见面之下，知道原先我们可能在香港见过，现在他要在内地住上十来年，于是一说即合。史先生用"柳苏"为名，在《读书》开一专栏，不断为文介绍港地文人文事。此公据说是当年港地第一支笔，那些香港文人的个性特点，都在文中活龙活现描绘出来了。《读书》的老前辈总是嫌我们组写的不少文章"可读性"不够，现在好了，有柳苏先生文情并茂而又含意深刻的专栏了。写董桥的一篇不去说它，印象特别深的，还有另一篇写小思的（《无人不道小思贤——香港新文学史的拓荒人》）。小思女士我见过，当然是在香港欢迎我们这类内地出版人的酒会上，似乎是一位很有风度的女教授。但柳苏说："你没有看过小思讲课，那完全是另一个人，浑身是劲，简直像一头狮子！""她温文尔雅，瘦小柔弱。然而，当她全身心投入工作时，却显出了别有气势的英姿，使她的同事不由得不为之动容、赞叹。"读过此文之后，恨不能也赶到香港去听一次小思女士的课。但是，更令人感佩的是，柳苏此文一出，立刻有广州中山大学学生陆续来信，生动述说自己在中大听小思教授授课时的类似印象。我真想不到柳苏文章有那么大的感染力。

柳苏先生还乐于助人。知道我对金庸小说有兴趣，专门写一介绍信，让我于一九八九年一月去见作者，洽谈出书。我同金庸先生谈得很愉快。可惜的是,我不久退出出版舞台,没时间在任内办成此事。但金作后来在我们三联书店里终于出了,并且着实热闹了一阵,以致人们戏说,这家出版社的经济来源全来自"吃菜"(蔡志忠)和"拾金"(金庸)。柳苏还介绍我认识名报人徐铸成老先生。同徐先生的谋面,产生了一个附带的小影响,就是因徐老转辗之介,认识一位青年薛正强先生,他要在郑州开一间三联书店的首家外埠分销店。我赞赏这想法,慨然说,店允许开,只是不许卖次品位的书,一定要保持品牌。至于利润分成,开创时期总店可以一文不要。因为在我当时看来,开高品位的书店是赚不了钱的。当年这些构想,今天看来,也许都是很落伍的了。

上苍安排柳先生在京安居多年。此举之天意究竟如何,为凡人所不知,但这可真为《读书》杂志立了大功,帮了大忙。我除发表柳作外,还先后为柳君出了三本书,第一本最好看(《香港文坛剪影》),可是请读者原谅我这个短财少钱又没眼光的小出版商,磕磕绊绊初版一共印了二千五百册,现在想必找不到了。时下出版行业正是为要赚大钱而争执不休之际,一旦风平浪息,回过头来又想起振兴文化时，我真想建议印一本讲究的带插图的《柳苏文集》，内容除文章以外，还要多收他的杰作——旧体诗。那时，我也许已到张中行老先生说的"老年时期已经过去"之际，那就现在先说在头里吧！

二〇〇四年七月

# 宽容"淘气"

赋退之后，一大改变是不必天天关注动向，上面的和下面的。每天只拣好看的书读，好玩的事做，如斯而已！人民出版社近出多卷本"乔木文丛"中的《胡乔木谈新闻出版》，谈的是有关行业的领导方针，按说已经同我辈了无干系，只是对老行业旧情难舍，免不了还是找来翻读，自然主要也是读其中谈出版部分。一读过后，倒觉得真是该读。

我与这位乔公，并无一面之缘。我在出版界混迹近五十年，位卑职微，只是做些"的、了、吗、呢"，离上峰甚远。一九八〇年，忽然被告知去编《读书》杂志。当时《读书》已出刊近一年，主编是陈原，执行副主编史枚，自然都是熟人。陈老是老长官，但已有十多年不在一个单位工作。同史老交道较多，尤其在他处于逆境之时。我们在干校，天天一起挑土担水，不时聊天。他天天读书极勤。而且甚少读闲书，说闲话。一下工，不是读《反杜林论》，便是讨论《诗经》。前者还好说（一个"老右派"，天天要自觉地站着读个把小时马列，其实也并不可解），至于老要同我谈《诗经》，当时可真有点烦。（所以尽管史老点拨了好久，我还是只会背"关关什么"，别的全忘了。）我去了《读书》以后发现，这家杂志在几位老人主持之下，实在思想开明，充满了新气象，虽然也得罪了不少人。在这以前，我自问是出版界的"乖孩子"，现在，要编这杂志，我慢慢醒悟到，恐怕还得学学怎样做个"淘气孩子"（杨振宁博士近有中国的孩子太乖之说，我以为不只指儿童教育，他的话对我们编辑这行也特适用）。我们几个哥们姐们在老爷子们悉心点拨之下，齐心协力一淘气，刊物倒真越来越好看了，可麻烦事儿也一天多似一天。到了一九八三年中，报应来了，社会上来个什么什么大事，什么什么地方一讨论，这刊物的存在似乎成了问题，大伙儿愁得不得了。

一九八三年夏天热的时候，要我去开一个会，说是传达胡乔木一九八三年七月二十九日在全国通俗政治理论读物评选授奖大会上的讲话。很奇怪，乔公开讲未久，忽而讲到了同通俗政治理论读物似乎关系不大的《读书》杂志。他指出,这个刊物"编得不错,我也喜欢看"。《读书》存在的问题,主要是"不够名副其实",没有"满足广大读者更多方面的需要"。接着又说:"《读书》月刊已经形成了它的固定的风格了,它有自己的读者范围,可能不宜改变或至少不宜做大的改变。"他希望仍然把《读书》杂志办下去,而另外办一个刊物,来满足另一些需要。看来,乔公已经知道有一种声音要停办或对它作"大的改变",而他显然并不支持这意见。听到这里,我简直要跳起来——喔!这不解放了吗?

原先以为,"淘气"一场,闯了大祸,现在如此结局,简直喜出望外。当然,这不是说我们已有的"淘气"都淘对了。以后,在老爷子们的领导下,大家好好总结经验,的确也发现不少做错了的地方,由是改变了一些做法。但由这,我们产生了一个想法,这就是杨振宁博士近来关于教育问题说的话:"淘气好玩的孩子好不好?我的回答很简单,我觉得很好。也许淘气的孩子会做一些打破一件东西的事,但从长远看这没有特别的重要性。"我们编了几年杂志,的确也做了一些"打破一件东西的事"。但是,毕竟通过实践，慢慢琢磨到怎么才能把杂志编得不出格而又耐看。十几二十年，路就是这么走过来的。

胡乔木的这个讲话收在《胡乔木谈新闻出版》一书中（第508至524页）。在这本书里，也还有不少别的精彩论述，例如作者常常为下属设想一些具体的选题，对一些文章提出具体的修改意见，等等，这里不去说它了。而最为我个人觉得亲切的，便是对我们这种刚刚迈步的淘气行为的宽容。用现在准确的语言说，这大概就是我们常说的"引导"。我觉得，这真是领导文化出版的好方法。

二〇〇〇年九月

# "爱得死脱"

一九九六年，有机会在纽约住了好一阵。这次的"乘桴浮于海"，无关乎"道"不"道"，只是探亲，同时还很想找机会读一点书，因为难得可以长时间休闲。带了一些有关资料，多半是多年来想读而未果的书的目录，其中有王强先生在杂志上介绍 *Philobiblon*（《书之爱》）一书的宏文。王先生说，这本英文书出版于十四世纪，"它是西方世界'书话'文类的开山之作"；"只要在这世界还有爱书者存在，他（作者）和他的这部小书就不会死去"。说得多让人动心，何况对我这类一辈子靠书过日子的"书贩子"。不过王先生又表示，这书难得，他在纽约 Strand 书店的珍品部见到过，价格不菲。我估计自己买不起"珍品"，尽管老在那家 Strand 盘桓却总是不敢问津。无奈，只能找地方借读。三找两找，居然在哥伦比亚大学图书馆找到。人家居然还让我复印一本带回。

我的英语水平要细读这样的书显然不够，但因有了王先生的"导读"，好歹算是翻读一过。的确如王先生所说，这书写得"不板着面孔，不干涩噎人，透射出爱的暖意，散逸着诗的美妙"。我的读书从来有一暗暗的"歪招"，就是重形式甚于内容，也就是说，爱读写得精妙而"意识"也许可疑的书，有时还免不了"杀头还赞好快刀"。年轻的时候，当然要因此挨批。现在赶上了好时光，读书居然可以"无禁区"，所以不妨将此招如实"招供"。但是*Philobiblon*这书实在也没什么不良意识，虽然它的作者是个大主教。它至多说了一些妇女的坏话，埋怨她们不喜欢买书和藏书，这方面王先生已有严格的批评。这位主教说不准倒还是一位"无禁区"的拥护者，因为他讲了半天书的好处，却并不太着急给读书划出什么严格的界线，说是某类某类书因属异端，绝不可读（既然是"主教"，我读时不免时时在等候这说法的出现）。他甚至引用亚里士多德的话说："我们不仅应该感谢那些给我们以正确教诲的人，还应感谢那些甚至出错的人，他们使探索真理的道路变得容易。"他讨厌的书，是那些所谓书的"变种"。他说："当新作者的名字被毫无价值的编纂者、翻译者和改写者强加在我们（指书，下同。——引者）头上，我们失去了古远时期高贵的地位，当我们一代又一代的变种连续出现时，我们完全蜕化了；这样，违反我们的意愿，一些讨厌的名字加在了我们头上，真正生父的名字却被剥夺了。"这话当然够保守，但你走进今天的书市去瞧瞧，没准会欣赏这看法。

从美国回来，就着意请有心人把这本书翻出来。找王强先生没找到，拖了一些时候，却遇到了另一位有心的专家——肖瑗女士。肖女士工余译出，译得相当费心。要出时，书名怎么取？想了一些方案，我最后觉得还是王先生当年取得好——书之爱。这三个字合在一起，语法专家看了，也许会皱眉头，但上面有"书"有"爱"，管你去把"书"理解为主动、受动，好歹都是对的。何况颇有古意，同 *Philobiblon* 的况味也许相似。这本《书之爱》推荐给辽宁教育出版社出版了，属"脉望译丛"。"脉望"一词，是一位上海才人发掘出来的，据说是指一种蠹虫，嗜书终生，至于身殉，是个真正的"书之爱"的实践者。现在丛书的第一本就是《书之爱》，倒也相衬。

说来也巧，这本《书之爱》刚出，我忽然收到王强先生寄赠的他的《书之爱》。原来王先生就在北京，他大概知道我在打听他，把他的新作寄给我。他的这本《书之爱》，是他的文集，其中就收了他介绍 *Philobiblon* 的大作《书之爱》，还有许多关于书的很可爱的文章。那是世界知识出版社出版的，属"新东方学校文丛"。

　　二〇〇〇年一月，中国大地将出现两本同名的《书之爱》，可见书之可爱了。这种爱法，用过去上海人的讲法，大概可说是——爱得死脱。对一个老书商说来，遇到如此盛况，真是情愿——死脱拉倒！

二〇〇〇年六月

# 旧时月色

　　老汉有幸与扬之水女士同过事。她同我出身类似。我在新中国成立前为佣做工，她在"文革"后当店员做司机，上帝都不让我们同文化有缘。可是扬之水不肯低头，硬是要同上帝争个明白。挣扎一阵，当上国营大出版社的小编辑，要是我，该心满意足了。可她还不低头，硬是要不断进取。十多年前她研究《诗经》以及文物，多年来成绩显著，出书无数。当年某日发现她用笔名"扬之水"写书作文，询之来由，知道这名字来自《诗经》。我从字面来猜测，想必这是她自谦之词：写出来的东西只配掷在水里。"扬"者当然是"弃"义，掷也，北京不是常常是尘土飞"扬"的吗？

　　以后我有幸可以不再上班，也开始学习用"的了吗呢"来码字了，于是就把这意思写在自己的回忆里。我借此颂扬这位女士的虚怀若谷，并拍马说，我相信她的文章一定会传之于世，而不至于"扬之水"的。我以为这很合乎自己对这位女士的了解。

这一阵，同扬女士交往中发现她脸上常有憾色，不便细问，小心伺候而已。以后慢慢知道，她近作一书，想取名《旧时月色》。不料，她的书还没付排印，香港的董桥兄已出了一本文集，名字正是《旧时月色》。我了解扬之水其人在文字上是很小心眼的，常常为想一个好的句子，一个好说法，简直旬月踟蹰，不像我是什么佳作名句都可以"扬之水"，而不在脑中停留。偏偏这一阵我又老要同她打交道，于是不断听她"叨咕"。她要真是丢了什么东西，凭我同董桥兄的交情，准保可以让董兄加倍还她。但这几个破字，又何必如此上劲？

扬女士终于又想出一个书名——落花深处，给我来信说，这名字"是否贴切仍在踟蹰"，她只是想"于落花处收拾一片旧风景"，因为"远远近近，深深浅浅，落花处的缤纷闭藏着曾经有过的历史真实，借助考古发现而复原的古典记忆，该有它独特的鲜明，虽然相对于原初的丰厚，它只是星星点点"。

好一番道理，让人不得不折服。扬女士博学，我又何尝出得了什么主意，来为她分忧。但由此，则又翻了翻《诗经》，去看看"扬之水"究竟是什么意思。这才在一本语体文的解释中发现，原来这是指缓慢流动的水。我想，这样的水才有深度，才值得人去寻思，才可能是她取这笔名的本意。这使我惭愧不已。凑巧，又在 OK 先生的网上文字中看到这位先生对"旧时月色"四字的领会。他说，扬之水"编《读书》，写《脂麻通鉴》，钩沉诗经名物，梳理先秦诗文发展脉络，果然一直沐浴在旧时月色里。于是我想，一个人心中没有旧时月色垫底，就没有沉静，没有深情，没有方向，没有厚度，没有风格，也就没有未来；一个民族也如此"。由此知道，要这么理解才是扬之水的知音，怨不得扬之水为这四个字坐卧难安。枉为自己爱夸口是扬女士十几二十年的老同事！

二〇〇四年六月

# 脑后的那根反骨

台北"书人"吴兴文先生几次来北京，事前总要捎个信，问问"书痴"要些什么书。

"书人"是我们背后给兴文先生的雅号，因其所业者书，所好者书，所写者书，无以名之，是曰"书人"。不懂台湾习惯，所以不敢当面叫。要是香港商界中人，平时又喜欢玩一点牌九、麻将之类的，听到这称呼要不高兴。这里也只好发表这个冒险犯难的称呼，因为否则无以应《诚品读书》之约，借个由头，写出那个大陆"书痴"来。

大陆的"书痴"，叫赵丽雅，是位普普通通的女士，芳龄三十出头，四十不到。同这年龄的大陆人大多相仿，她是"知青"出身，没上过多少学，倒是响应了号召，很小年纪就当了工人。她大概一米五几的身材，起初卖西瓜，后来一度当上卡车司机。司机一职，在今日大陆是一小小的美差，自然比不上那些当几家公司总经理、董事长的贵胄子弟，却也丰衣足食，胜过赵某今日之职务——编辑多矣。赵当年不会念及这一层，却因另一点而不安于位；这就是她的一种执拗——你不让我有上学的机会，我偏要自己读书。事实上，大陆如今的偌多当年"知青"，大多是这么走过来的，这才使中国文化之一脉，虽然历经"文革"那样的浩劫，居然未能断绝。

但是"书痴"的执拗比别人加了些倍。朋友们开玩笑，说这是因为她"脑后长了反骨"。说得多了，传到她先生耳里，使得这位颇够得上"情痴"的先生真以为常有人想抚摸太太的"脑后"，深感不安。自然这是解释得通的。不过先生可能并不很了解太太聚书、读书的癖好正是这根"反骨"在作怪，不然也许会反而高兴。

下面的故事不必细说，生活的教训使"书痴"越来越固执，越来越不近人情。个人生活费的百分之七八十用去买书，想办法卖血赚钱买书，写信向作者、出版社索书，除书之外，简直不闻不问。写到这里，也要作些小小的交代：个人生活费百分之七八十买书之所以行得通，是因为有情深的先生在挣钱；卖血云云，有过若干次，但不多，因此赵女士至今仍然白白胖胖（适度地"胖"，所谓丰满，不必减肥，有图为证）；写信索书，是因为她先借书看了，作了评介，他人自然愿意送她，并非"强索"。

但不论如何，赵丽雅一步步向书走去。因多读书而毛遂自荐，成了北京《读书》的编辑，于是更与书结了不解之缘。目前她好书的境界是：买古旧书，买海外及港台中文学术图书，自己写书。这三者，正是笔者的薄弱处。过去还能同赵女士谈上几句书事，现在是不大有"共同语言"了。她写的专栏文字，是专给我们这类浅学的人看的，但其精细微妙处我却还不能尽解。好在自有行家在。下面摘抄京城大学者张中行先生发诸报端的一些评论，以为佐证。张老八十高龄，蔼然长者，最近却为文记述一位只有自己一半年纪不到的小女子，亦为大陆京城一桩小小的雅事。其文曰：

还有一次，是（赵）托我找《中国古代书画图目》的第一册，说她已经买了几本，只是缺第一册。我问编这书的符君，说共要印二十四册，平均一册定价三百元上下，这样，买全了就要七八千元了，钱数太大是一难，再有，如何安置呢？我当然又要说我的偏见，可是她像是听而不闻，只说她的理由，是怕放过就买不着。

　　我，不避自吹自擂之嫌，一生就没有离开书，可是谈到勤和快，与她相比，就只能甘拜下风。这像是给她吹，给她擂，为了取信于人，要有证据。自然只能是间接的，因为我见到她，都是办什么事而不能摊开书本的时候。证据是听她说，关于书的情况，尤其是新出版的，简直是如数家珍。显然这只能由多读来。多读的结果是多知，多到什么程度？举我亲历的一件事为例，是有人约写《潭南遗老集》的介绍，介绍完，要举参考的版本，当然最好是今人新整理的，可是有没有，不知道，于是摘下电话，向她求援，我话说完，她毫不思索就答："没有。"这大胆的自信就是由勤来。

　　她发表文章都是用笔名。笔名不少，来源都是《语丝》式，翻开书，碰，如宋远，就是翻开《诗经》碰来的。文章多为蜻蜓点水式，不很长，少平铺直叙，可是精义与妙语迭出，能使读者感到有滋味，值得细细咀嚼。这样的评价文章，几年以前她就选辑了一本，取名《楛柿楼读书记》。书名雅，却是不折不扣的纪实，因为书确实是在楼上读的，而楼窗外也确实有合欢树（所谓椿）和柿树。

孔老夫子有云："四十五十而无闻焉，斯亦不足畏也已。"现在她尚未不惑，就已经足畏了。说起足畏，我想起不久前的一件事，也颇值得说说。那是寄来发表于《瞭望》的连载的几篇文章，总题是《脂麻通鉴》，署名"扬之水"。总题怪，我不知何意，先看解题，是来于明王琦的《寓圃杂记》：

吴人爱以脂麻（芝麻）点茶（泡茶），鬻者必以纸裹（芝麻）而授。有一鬻者家藏旧书数卷，旋摘为用。市人（买者）得其所授，积至数叶，视之，乃《通鉴》也。其人取以熟读：每对人必谈及。或扣其蕴，则实告曰："我得之脂麻纸上，仅此而已，余非所知也。"故曰"脂麻通鉴"。

寓意明显，是讲史而所知不多。接着看内容，以标题为《民意》《解缙》《廷议与廷推》三篇为例，都是谈明代政场大事的，引书多，熟于掌故，不稀奇，稀奇的是文笔老辣，有见识，感慨深。我一时有点迷惑，先是推想，可能是她杂览碰到妙文，不忍独秘，所以寄给我看看；继而一想，只有文而没有赏识的话，也可能就是她写的。如果竟是她写的，我心中倚老卖老，简直要喊出来："你这小丫头片子想干什么？真太可怕了！"

写二三千字短文，竟抄了张老一千多字。下面尽可自己再编一些，可是想起一事，原是张老内行。笔者如果另写，必不如张老手笔，不如再抄。这是谈赵女士书法的。此"书"并非彼"书"，而赵兼通，岂可放过不谈：

> 我求她，更多的是用毛笔写马湘兰风格的闺秀小楷。俗语有字如其人的说法，就赵丽雅说，这对不对呢？像是也对也不对。说不对，是看外表，粗粗拉拉，字却是地道的明清闺秀风格，清劲加秀丽加柔婉。也可以说对，理由是透过外层找，说内秀。且不管它，总之是写得好……
> 一次……求徽州一女砚工制歙砚，效"吴门顾二娘造"之鐾，愿意制成后也刻砚工款"新安杏珍女史造"，这位杏珍女士不能写，所以就求赵丽雅写了寄去。一个操西瓜刀的能写闺秀小楷，再加上读得多，写得快而好，就使我不能不联想到昔日的才女，所以

为她的读书记写序文，半赞叹半开玩笑，就写了这样几句："你就是今代的柳如是，才高，身量不高，都很像，只是脚太大。"

张中老一时兴至，开了一个太大的玩笑：竟然称扬一位淑女为"今代柳如是"，以致引起京中文人的一些议论。原因无他，赵除文才外，其他方面不是柳如是而已。张老也只是看见小孙女辈高兴，欣然命笔，并无他意。

赵丽雅之种种，本无十分特殊之意义。要选"十大杰出青年"，无论按台湾还是大陆标准，大概都轮不到她。我们之所以乐于谈论其人其事，还是着意于她的那根"反骨"。有此"反骨"，才能在"文革"逆流中耐下心来读书（其时大陆流行"读书无用论"），才能在经济拮据时节衣缩食买书，也才能在"商潮"盛行之时依然做些与书有关的寒酸的工作。有了反骨，自然也惹人厌，因为往往不能流俗，例如不愿赴宴之类。但是，人类文明之能延续，也许，部分地，也靠人们在艰难困苦之际有此一根"反骨"！大陆之中，虽然商潮滚滚，此类书痴，却也不止一个两个。我们也许因此抱有希望，还想做点文化，关心一点书事！

# 若干乡谈

同董鼎山先生可谓暌违良久。不编《读书》以来，只在一九九六年在纽约拜见过他一次，以后就少通音闻了。自然，当乃弟乐山先生在世时，我们见面，少不了要问起他。我近年"偃旗息鼓"，凡待人接物均少为"组稿"谋，一个老编辑工匠一旦少此谋划和动力，自然与文坛越来越远了。现在忽然见到鼎山先生厚厚一本文集——《纽约客书林漫步》问世，仿佛老友重会，真是亲切异常。

鼎山先生是为当年的《读书》立过大功的。我一九八〇年三月调进《读书》，他已在为它写专栏。当时刚提出"开放"，可是文化界对外面还一团漆黑，如何起步？此之谓"一团漆黑"，应有两解。一是对外面的种种懵然不觉，如是犹可；另一是以为光明只在中国，外面黑暗异常，那就更糟糕。在冯亦代先生带领下我们努力冲出这种困境。自然，同时会遭到不少阻力。大家只要看看头几年《读书》上登的有关单位的抗议、声明即可知。这中间，鼎山先生的专栏和冯老自己的专栏，与有功焉！鼎山先生是中国出去多年的"纽约客"，由他来议论美国彼邦的种种文事自然更有分量。

如是者匆匆十几二十年，其间我们几乎月月通信。以后，出去的留学生多起来了。说实话，到了八十年代后期，我们曾经议论过董先生大作的写法是不是已经"过时"了呢，因为从中国出去的文科留学生写回来的通讯，为文更加汪洋，更加富有学术性，也更加开放。但是，我们议论来，议论去，结果认为，鼎山兄的纽约文事通讯仍是不可替代的。这里根据个人认识，略述董作之"不可替代性"。

第一，鼎山先生本身是纽约文墨场中人，因此为文多"个人笔触"。记得我同他通信讨论过这个问题，他似乎用英文 person touch 来表达这个特点。我们十分赞赏他为文的这一特色。写纽约文事，有了这层特色，方显得亲切、有力。有了这一特色，他笔下的许多外国文化人仿佛"站立"起来了，读来不再枯燥。

第二，他的文章有学术根底而不掉书袋。鼎山先生好读书入迷，可是不拘于一隅。他学新闻出身，喜欢用记者笔法叙事。《读书》杂志当年有过一大讨论，便是我们这个刊物究竟是不是学术杂志。八十年代国内文事大兴，学术日渐抬头，年轻才俊大多希望在学术上立功建业，自然要求这份杂志更有学术分量。可是前辈们当年办这杂志，目的首先在于"思想启蒙"，而不只是"倡兴学术"。我在这夹层中奋斗多年，后来得吕叔湘老人指点，他提出《读书》的对象应是普通读者（general reader），方才悟出若干究竟。从普通读者的观点看，董作应当说是优秀的。当然，学术大著自然也需要，但那是另一码事。

从学术性和思想性又想到另一件事，那就是文章的可读性。老实说，九十年代以来，颇多谈外国事情或用外国观点谈中国事情的文章，写得比较新潮，甚或相当费解。这是不是我们"开放"时必须学习的新观念、新做法呢？鼎山先生是老资格的"纽约客"，我当然要向他请教。他的答复是斩钉截铁的：No。他告诉我，海外文坛的主流还是理性的，文章也是讲通顺的。他自己的文章，就十分可读，颇少奇诡费解之处。这一指点，使我安心不少。我开始认识到，为了开展思路，观点不妨新颖，但因而非要把文章写得奇诡而费解，似乎并非必需。

　　第三，鼎山兄这位"纽约客"，并不像我们过去想象的资本主义世界的文人，必是满身铜臭。他喜欢纯正的文学。他也讨论大众文化，谈到某种娱乐思潮，但谈了归齐，钟情所在，还是文人文事。这种看法在八九十年代的中国还可赞许，到了二十一世纪的今天，可能遭"落伍"之讥。到了现在，我亦已告老还乡，董兄是否"落伍"应当与我无关。但是就我个人兴趣说，自然还是属于"董党"一流。我很赞赏他的这种坚持。

　　就作者关系说，我可以说曾为这位同乡仁兄服务达十五载。我这里提到我们的"同乡"关系，不免有攀附之嫌。我其实不是宁波人，但因种种历史因缘，在上海的"宁波帮"中长大成人，谋事求职，因而说话满口宁波土腔，办事追求"刮喇松脆"。次次同董兄晤面，彼此宁波官话，无不分外愉快。这位宁波老乡现在已少来此，我亦多年未去彼邦，读《纽约客书林漫步》后，只望相见有日，可以再次彼此说说宁波乡谈。日前听说董嫂身体不好，极望早日康复。

既然攀附同乡，希望这篇小文只是彼此的若干乡谈而已。

二〇〇一年四月

# 感念闽籍翻译家

收到一本赠书：福建教育出版社出版、福建师范大学林本椿教授主编的《福建翻译家研究》，拜读之下，大开眼界。

我一直关心翻译界的事情。五十年代同《翻译通报》有一些业务关系，由此认识一大批翻译家，最著名、对我帮助最大的是吕叔湘先生。以后，长期同中央马列著作翻译局的各位译学先进共事，得到他们许多帮助。我说的"帮助"，亦不只指译事，而是通过这些外文专家，了解许多外国的事情。我这人外文连一门也不能算精通，但是从六十年代起屡被委以重任。如编辑供高干看的灰皮书、黄皮书等等。原因很简单，我认识一大批洋务专家，知道一些眼下国际上的"行情"。

近十几二十年来，我退居林下，没有正式职务，但也还能在译文出版上做些事。原因无他，我不知结了什么善缘，同福建的翻译家挂上了钩，他们帮了我很多忙。

我一句福建话也不会讲，怎么会求这些闽地的专家呢？当年中央马列著作编译局的副局长林基洲先生是我挚友，他是俄语专家，我常去请益。他同我一样爱吃喝，碰到长假，我们常常在一起过。有一次他同我说起《列宁全集》新版请了一位福建来的女专家帮忙校译，译文很成功。我希望一见此人，才知道那是已经调到首都经贸大学的谢翰如教授。我们简直一见如故，立刻谈得很投机。我当时是做了准备的：先读了一些谢译，把难译的佳句摘在笔记本上，谈话中随意引出，使人家觉得我好像是个专家。

那时辽宁教育出版社的俞晓群先生有很大的计划，要翻译不少书，而且出什么书基本上让我做主。我最高兴的是后一句，因为即使像我这样当过出版的老总，所谓第一把手，选题也是不能自说自话，一个人说了算的。上面强调选题一定要集体讨论。在讨论会上，有人硬是要提不同意见，你自然可以压服，但是很可能由此成为"一言堂"的把柄。至于打"擦边球"的选题，更难通过。俞兄对我如此地重托，我自然不能办得过于嚣张，多提平和的选题。

后来找到谢女士，这可就如鱼得水：选题以后的事，全由谢包了。靠她的人脉和努力，引介了大批十分优秀的闽籍翻译家，包括赠书的编者林本椿先生，以及这本书里提到的若干位女士先生。谢女士不只精通俄文，而且通英语，特别是肯做编辑们习惯的琐碎事，譬如编索引。退休后我在美国找到不少旧版俄文书，我们讨论这些书的出版，简直一拍即合。现在流行的《欧洲风化史》等书，就是我们共同拍板的。

《福建翻译家研究》一书收有《闽籍女翻译家综述》专文，但未记谢女士的译品和故事。这事说来道去，也许也是我的过错。因为她译笔虽好，大多因我的压力用在没有个人名义的校改上了。她在《列宁全集》新版上下的功夫，知道的人又极少。谢女士精心翻译过俄国作家梅列日科夫斯基的好多书；特别欣赏一位女作家妃格念尔，含着泪译完她的回忆录《俄罗斯的暗夜》（一九九二年三联书店出版）。我知道，像她那样出身的学人，对当时俄罗斯的女革命家特别感动。她很激动地同我谈过屠格涅夫的《门槛》，又讲中文，又背俄语原文，激动得不得了。她多次要我给她时间译完妃格念尔女士回忆录的第二卷，我总是没有使她如愿。

二〇〇四年八月二十八日，这位翻译家不幸去世。大概在这前后，俞兄也因种种外在原因已没法按原有速度出书。于是，我以抱病之身，天天面对若干闽籍翻译家尚未出书的译稿，包括谢译的高尔基，徒呼负负。读着这本《福建翻译家研究》，回想已出的上百种书，加倍感谢闽籍翻译家，同时也不无歉疚。

二〇〇五年七月

# "重审"精神

喜欢读关于"性"的书是在六十年代初开始的。那时为了"反修"，要学习马克思主义史。无意中发现，马克思主义奠基人有不少谈"性"的言论，甚至很开放。再读下去，发现中国早期的开明知识分子都关心过这问题，有不少论述，更多的是译作。这种阅读愿望反映到工作中来，便是关注和采用有关的稿件。自己也翻译过一二本有关的小书，但分量很轻，谈不上意义。

改革开放以后，见不到的书都陆续见到了。印了一本《情爱论》，又印了一本《性心理学》，一共五六本，高兴得不得了。以后又找到不少有价值的书稿，甚至想大印霭理斯的全部著作，但是没时间了，只能让给别的高明者。但我因这方面的兴趣，却认识了一位研究者康先生。

康先生给《读书》杂志投稿是很早的事，以后不知怎的，联系多了。退休以后，闲中无事，以读康君等写的有关文字为一种乐趣。忽然读到康君写的大著《重审风月鉴》。读后觉得，"重审"两字用得最好，中国文坛从来此类"风月"文字忒多，亟须"重审"。我想马恩各位之所以会关注这类问题，除了这事涉及人类的彻底解放而外，对过去的旧观念需要"重审"，也是一个重要原因。

凭借退休后的余力，协助康君出了《重审风月鉴》（辽宁教育出版社），于是交往渐多，逐渐知道，这位康先生委实是一条汉子，值得向人道说。

康君据说在念大学时，听说某洋人出了一本名著，便写信去索取。其时正在"文革"初期，此信为邮检截获，于是被判"里通外国"，吃了很大的亏。

以后听说此君还是不思悔改，喜欢自己找书读，还愿意找到书刊给别人读。而所谓读也者，在我看来，无非就是让大家来一起"重审"已经过时的旧观念而已。当然不一定是重审风月文字。但是对一切现成文字乃至现成生活都采取批判的、"重审"的态度，却实在是为人做事的一个重要方面。我听康君说过多次关于"重审"既定一切的问题，又在国外同他相处过一段时间，深深感到他在这些方面不仅有见地，有眼光，而且身体力行，敢于实践。

听说康君前一些年在家乡又固执地"重审"既定事物，而处境不佳。现在又多年不见，也许不大可能再在北京遇到。他过去还有一本散文集《鹿梦》，我颇想出而未果。后来，想请他编一套叫 BODY AND PASSION 的丛书，也没有实现。前些时候市上出售《乳房史》，这书是他关注过的，在《读书》杂志上发表过述评。近来又听说他写了自传。我揣想，自传中一定有更多关于"重审"的重要见解，希望早点能看到。

# 于无意中得之

我的学出版，在将近五十个年头里，学的都是一种招式：策划。五十年代初，跟着前辈学习订三年、七年、十年乃至更长期的出书规划。当时无"策划"一词，但实际所行，同今日所艳称的"策划"似乎并无二致，只是指导思想、组稿办法不同而已。大概应了一句什么古话：凡事预则立。您要做大事，就得先有这个"预"，也就是规划。规划、策划……确实顶事：一九五四、一九五五年间，我看一些前辈煞费苦心地制订二十年翻译世界社会科学名著计划，准备要同日本明治维新时期相比美，多少年里翻译几亿字。以后出来一个习称"蓝皮书"的大规划。二三十个年头里，几经折腾，多次面临覆灭而又转危为安，这个规划最后演变而为今天的"汉译世界学术名著"，漪欤盛哉，何等辉煌。没有当年的策划，焉克臻此？！

不过等到我自己有那么一点小小的出版方面的有限权力之后，我却极少去谋求什么规划。我比较经常奉行的是另一种办法：于无意中得之。那就是说，只出创作家们、学问家们、翻译家们本来就打算写打算翻的书，很少给他们出题目做文章。这在实际上，是把策划大权交给那些聪明过人的作者、译者，相信他们比我更有能耐，更有水平。出什么书，选什么题，多半是在同这些个作家、翻译家茶余饭后的聊天时"于无意中得之"。这是懒汉的做法。说得厉害，这就丢掉乃至削弱了选题的"导向作用"，要给这种做法戴个"自由化"的帽子也不为过。对我来说，性质尤为严重；因为我不是不懂，而只是疏懒而不思进取，把出版权拱手让人。上帝保佑，总算赶上了好年头，如是焉十来个岁月，区区居然只不过屡有小过而屡遭非议却还未出大娄子，最后总算全身而退，还能拿了退休金而常常说些令人不疼而稍痒、不说亦还可的闲话。

　　因为时时在意是否能够"于无意中得之"，这就同钱锋先生熟起来了，以致我们的学人、文人、译人钱教授出书居然让我这出版商为序。我识钱先生是出于吕叔湘老人的推介。大约十几年前，我常去吕宅聊天。吕老谨严审慎，议必有题，但在我三磨两磨之后，有时也很高兴同我说点闲话。我告诉他，我是躲在柜台下读他的《中等英文法》和《中国人学英文》，才初窥英语门径的。等到考进出版社做校对员校到了关于《伊坦·弗洛美》的文字，才开始学习做翻译工作。我常在他面前提些幼稚的问题，引他跟我说些掌故。某日，他无意中提到钱锋，颇有嘉许之意。此后又专门给我写一条介绍钱作。我当时在编《读书》，正在天天专门有意去做这类"于无意中得之"的事，自然很快同钱兄熟识起来。我当然邀约钱兄为《读书》写稿，如是者若干年。

我离开岗位，"乘桴浮于海"之后，已经把这位钱教授全然忘却，在此之际，忽然接到他的电话。钱兄留学美德归来，在专业之外，倒真是做了一件"于无意中得之"的趣事——编译了一本谈上海旧事的《海上画梦录》，托我介绍出版。我是上海出身的，在旧上海混迹多时。新中国成立后到北京干出版，遇到要做检讨挖思想根源时，总要把根子深挖到我在上海为工作佣的那六个年头，以至于此前读中小学的若干年，仿佛为人而在旧上海这"染缸"里待过，必定污垢满身。知道有人写出关于旧上海的书，焉能不加关心，何况又是一位教授于专业外"于无意中得之"之作。不过，天哪！到了这时，我还有什么办法出版一本书呢？幸而有远在辽宁的朋友帮忙，助成其事。书印得够讲究，有几个"于无意中得之"的错字，小疵而已！

如果说在九十年代中期以前，我是在刻意经营这个"于无意中得之"，应了俗话所说的"附庸风雅"或时髦人挖苦的"媚雅"，那么，到了此后，形势令你无法"刻意"而只能"无意"了。这时才在更大的程度上发现，像钱教授这般喜欢做"于无意中得之"的专业以外的事情的专家的可爱之处。说到这里，似乎得介绍一下钱教授的专业，方能更知究竟：他学的是语言学和计算机，现在奥地利教"计算语言学"，还创办了一家高科技公司，自任总裁。照目前传闻的中国"硅谷"的规矩，一个高科技的学问家而不去专心一致地锐意经营便会被请"开路"，不能再当总裁，钱教授如此这般"旁骛"，我不知他离比尔·盖茨会有多远，这我无心去探究了。我只知道，科技专家关心文史原是中国的传统，钱教授甘心做这类"于无意中得之"之事，只能于文化有益。

钱教授的"无意"，委实是一匹野马。他在旧上海痛快驰骋一番，编译了一本《海上画梦录》之后，忽地又译出一本法国的爱情诗《爱情变奏曲》，辽宁的朋友很快要为他出版。人们担心他这么下去离比尔·盖茨会越来越远。但听说这位盖先生近来日子也不太好过，在中国被学人们点名道姓批判不去说它，在美国也要上法院受审。盖先生要是知道中国高科技专家可以如此驰骋六合，纵横文坛，也许在五分钟内丢失多少亿美金财富之余，也还会有三分钦羡也说不定。

我只是出版界的退休老职工，既无学识，更非什么"大佬"。无非因为喜读闲书，多说闲话，常管闲事，所以有不少闲朋友。钱教授是近年来的闲友之一。我喜见他的闲作问世，并乐为之序。

一九九九年十一月

# 走老路得新果

上世纪八十年代中期，三联书店出版业务独立经营在望，是为一大喜事。然而大喜之中，亦有深忧存焉。忧从何来？用我当时一句不入流的话来说：殖民地已经分割完了！盖中国的出版业是讲专业分工的，到八十年代中期，专业已经分配殆尽。你又不是某个部委的出版社，毫无行政优势可言，除去找点残羹余沥，还有什么可做呢？要不，真如列宁当年所言，要求重新分割殖民地，这就要引起世界大战。我自忖，既没资格说这豪言壮语，更不配去干此类壮举。

三联书店的渊源肇自三十年代，不是有光荣传统可以凭借？此语不假。但等到我们这一代管事，细读前辈大作，深感这传统源于革命，即向反动统治者展开无情斗争。这种资源自然宝贵，但今天如何学习？愚鲁如我者，怎么也想不出如何把这经验加以"活学活用",除非生搬硬套,那只能犯错误。

万般无奈之际,幸得高人指点,说是上海乃当年的进步出版界,资源并未耗尽,你们不妨开阔思路,广泛留意一下。于是找文化生活出版社、平明出版社、开明书店等出的书来读,把巴金等老人的著译重温一过,又把叶灵凤、曹聚仁、黄裳、陈原诸位写的书话好好复习,这一来,思路果然开阔了。在这基础上,产生了不少选题,有的是旧籍重印,有的是在旧路指引下另觅新径。其中一个主要收获是打出了"文化生活译丛"等几批书。这类书的特征是既具思想性又有可读性。例如房龙的那些书,一本《宽容》出来,一印便是十五万册。那是完完全全找的旧选题,只是重加翻译而已。循旧路而觅新书的如保加利亚学者写的《情爱论》,居然陆续印了一百多万册。这真正是救了我们一命。现在房龙书的中译本多得可说成河,追本溯源,还得感谢四十年代那些老文人的引荐。

我们那时特别欣赏巴金老人的译品。他特别善于如我们今天所说的,将思想性和可读性完满结合在一起。这自然得力于前辈思想既新腹笥又广,特别是所读西籍极多，因而采择得体。我想起一位三联女前辈丁仙宝同志同我说过，她们当年读巴老所译屠格涅夫的《门槛》如何感动，因而更加坚定参加革命的信心。循此线索，重印了巴老译的妃格念尔回忆录《狱中二十年》等书。重印之余，又想到续译或重译过去的优秀译品。于是设法找到妃格念尔的《狱中二十年》上卷《俄罗斯的暗夜》，央谢翰如教授精心译出，收入"文化生活译丛"。巴老译的《六人》重印一过以后，很受欢迎，极想找寻原书，加插图重印乃至重译（巴老原来是从英文转译的）。但是这本德文书终未找到，在巴老捐献给北图的藏书中也未发现，这是我直到退休的一大心事。这辈子，工作上生活上的憾事极多，如我等志大才疏之辈，大抵只得在退休之后徒呼负负，如是而已。某日无意中与青年学人王瑞智兄说起当年编《六人》的这一憾事，方知王君早已醉心此书，并也正在寻觅原书。未久得告，原文书已找到，并请名翻译家傅惟慈先生译出。我多年没办到的事，今日之才人竟然不花多少时日就一一办成，这也就说明现在出版工作开放改革的成果了。

我不想在这里推介《六人》的内容和译笔，因为我不是学问家，这工作要请胜任的人来做。但作为一个普通读者，当年一读此书，即已震撼。我们的社会里，历来太少浮士德、唐璜、堂吉诃德之类人物，他们虽然看来拙笨，其实社会之进步，端赖此类拙者。洛克尔将这西方的六种典型结合在一起，顿生新意。我感谢巴老为我们书商指点门径。

王瑞智此刻也业书商，与我同流。其实他是学者，只是种种历史因缘致此而已。这也好，有了他这类有才干学识的人加入书商队伍，我们今天就可以多读到一些好书了。十分感谢！

二〇〇四年五月

# 文学版图和文化厨房

"世界文学"是一个中国大陆知识界爱用、可用的概念——即使在大门紧闭的"锁国"时期里。原因无他，马克思他老人家早在《共产党宣言》里就谈到过。那里说："民族的片面性和局限性日益成为不可能，于是由许多种民族和地方的文学形成了一种世界文学。"有人考证，马克思所用的"世界文学"（Weltliteratur）一词，其实来自歌德，那也不去管它，既然马克思说过，就是可以通行无阻的马克思主义了。

大概就是这个原因，一九四九年以后复刊的《译文》杂志——那是鲁迅、黄源等左翼文人在三十年代所办的一份著名刊物，不久就改名为《世界文学》。迄今为止，这是大陆最权威、最足以看出大陆研究外国文学动向的一个刊物。

尽管接受了"世界文学"一词，这个"世界"的地图却是畸形的。二十世纪以前，这张世界文学地图基本以马翁之喜恶为准。马翁喜欢的西方作家有：荷马、埃斯库罗斯、奥维德、卢克莱修、莎士比亚、塞万提斯、歌德、海涅、狄德罗、科贝特、巴尔扎克、狄更斯……于是，这些作家就在五十年代迄今通行无阻。莎士比亚之所以能在五十年代即有全集问世，怕亦得益于此。因为马翁对于莎翁，倒是认真地引述过不少话，特别是在《资本论》里。但是，显然，马翁不是文学专家，他所喜欢、赞扬的作家，不是他研究的结果，而只不过表明了一种个人癖好。但是这癖好显然也同他受西方传统熏陶有关。这样，间接地，这种文学熏陶使中国人在五十至八十年代受惠不浅，使得世界文学地图的主体部分给保存下来了，也使一整代外国文学专家在这几十年里有事可做。

大家知道，毛泽东是不爱读外国文学作品的，因此，在外国古典文学方面，受他影响比较少。自然也不是没有。从整个世界文学看，在八十年代以前的几十年里，大致出现下面一些局面，可以说是直接间接地受了政治格局影响。

第一，积极迻译亚非拉的文学作品。这只要看上举

《世界文学》杂志选材即可知道。对这一点，攻之者或谓译了不少二、三、四流的作品，辩之者说毕竟我们早就有了《一千零一夜》等东方文学经典译本。现今阿拉伯裔的美国人攻击美国白人搞什么"东方主义"，不重视东方文学经典，我们却部分地早已没这缺憾。

第二，基本不译现代西方文学作品。这已不是什么耸人听闻的故事，用不到再作渲染。六十年代译过《麦田里的守望者》，七十年代译过《爱情故事》，那都是为了批判，是将之作为毒草肥田的。此风盛时，曾大批《约翰·克利斯朵夫》，视为培养个人主义的温床。

第三，大译苏联、东欧的当代作品。这自然是政治上"一边倒"的后果，但是自从苏联"修"以后，却有正面结局，即出了不少苏联内部的异己之作（如索尔仁尼琴之作），虽则有些亦是内部发行的。

八十年代以前，大陆的世界文学地图，约如上述。这是一张不完整的世界图景——特别是没有当代文学的发展情况。但是，毕竟还比别的领域较为可取。

八十年代以后的改革开放，自然纠正了这张地图的偏颇。最明显的是，当代西方文学作品基本上开了禁，包括西方通俗文学。上海办了个《外国文艺》杂志，同《世界文学》唱对台戏。它无法用马克思肯定的 Weltliteratur 为名，可是以实质说，它也许比别的刊物更近 Weltliteratur 的原意。上海之外杭州也发动了冲击。那里重印了傅东华译的《飘》，惹起京中文学大家的狂怒。这是对正派文学家惯用的世界文学地图的重大亵渎。一场争辩，《飘》暂时停版，但是曾几何时，《飘》不仅仅有了几个译本，而且《飘》的续集《斯佳丽》纸贵洛阳，可见"时势比人还强"。现在，当年不主张改变文学版图的若干文学大家不少已成古人，再争也争不起来了。西方当代文学进入大陆的世界文学版图，已是不争的事实。例如广西的漓江出版社，几年来一直出版"法国二十世纪文学丛书"，颇多"离经叛道"之作，却未受阻遏。主编者柳鸣九教授，曾因编过一本《萨特文论选》遭批评和冷落，此后在上述丛书中仍收萨特著作，却安然无恙。连奥威尔《一九八四》亦已公然问世，当然，指摘的人还是有的。

但是，月有阴晴圆缺，世界文学版图也正如现实政治版图，不能保证永远只扩张不丢失。眼下大陆的俄文、东欧各国文字人才济济，可偏巧这方面的文学翻译事业进展很小。原因当然同政治状况有关——人们太怕苏联那种"休克疗法"。但是，办法仍是有人会想。昆德拉的几种尖锐的文学作品，不是翻译出版了吗?！自然是"内部发行"的。不过此"内部"不同于六十年代的彼"内部"。那时是货真价实的"内部"：一部《麦田里的守望者》，印数限定一二千。现在"内部"的昆德拉著作，连书摊上都有。甚至可以说，越是"内部"印得越多，影响越大。此中原委，须得社会学家来深究，这里不说了。当然不论如何，政治压力仍是严峻的事实。一大批俄文和东欧语种的人才，正在改行，或愁收入日减——只靠薪金就很难养家活口。这还是一个现实问题。

总而言之，到了八九十年代，大陆的世界文学地图渐趋正常。自然还可批评，但也不见得会比美国的"东方主义"被批的可能性更大。现在更多的倒是出现了种种的混乱和浪费。例如，既然经典文学名著好销，大家就都来译名著。《红与黑》据说已有七个译本。译文素质有些下降，台湾的学界亦有批评。当然，有些批评还不能为大陆学界所接受。批评和反批评，可能会日益开展起来。这为两岸交往增添了新的内容。

据说，台湾的"趋势专家"在不久前大陆书展时发表演说，认为华文出版中心将转向台湾。究竟结局如何，是若干年后的事。但很可能，"趋势专家"之一席谈，激发了大陆更多人才更大的勇气，把世界文学的版图扩张得更大。由此，不管"趋势专家"内心如何，我们还得谢谢他。这里说的"我们"，指全体中国人，岂仅大陆而已！大陆文学版图大了，译品多了，凡用华语者均可蒙益——不是曾有"文化厨房"一说吗？！

# 盛事可再

接到邀请，广西师范大学出版社召集会议，讨论未来一年的选题出版计划。事先收到他们寄来的计划。说实话，广西师范大学的出版社，在我们"老出版"眼里似乎不占很大地位。在北京时间长了，眼里嘴里都是什么"王牌"，就不大把地方单位看在眼里。拿到选题计划，一加翻阅，大吃一惊。漪欤盛哉，满满实实一厚本，而且挺有性格、特色。在在处处，都显出这是一件不能轻易看待的工作。

有多少年没讨论这种计划了。近十来年是闲人，不去说它。即使在当年，也不大做这类事。因为出版社都是国有的，好歹总有饭吃，何必忙这类事。

但在我当出版学徒时，曾着着实实上过这么一课，使我毕生难忘。那是曾彦修同志主持人民出版社时期，大约在一九五五年吧。当时的人民出版社有三个牌号：人民出版社、生活·读书·新知三联书店、世界知识出版社，于是就编了三本选题出版计划，请各界人士提意见，商讨如何实现。单在北京，我记得就至少开了十一个座谈会。每个会至少半天，然后便宴招待——便宴招待，这在当年也是一件新鲜事儿。北京活动完后，又组织了一批编辑去外地征求意见。后者我没有躬逢其盛，但从各位回来所写的访问报告看，影响可能更大。以后几十年人们艳称的陈寅恪、陈登原等教授，就都是那时同我们结识并在不久后出版了他们的书。当时做过的另一些大事是重印新中国成立前学术旧著，以及翻译世界学术名著。而所有这些都是用三联书店名义进行的，因为当时有一个文件，提出三联书店的出书标准可以比较宽一些。

所有这些，都是在"开门办社"的号召下进行的。在这口号下，编辑部强调"以文会友"，提出"作家是出版社的衣食父母"，号召作家"翻箱倒柜"，多出作品。这带动了整个出版社的工作，一时间，轰轰烈烈，热气腾腾。我是小干部，对这些盛事出不了多少力，但真是学到了不少东西。可以说，这是我学习出版的一堂最生动的课。

可惜的是，到一九五七年，一切都结束了。这以后，不论上面怎么说，在我辈心目中，总是以"稳"为上，少做惊天动地的傻事。

开过这会，我深深感到，出版界生气正盛。那些工作室、二渠道，似乎很令我们这种"老出版"忧虑。但是，正是他们，我看都将通过竞争，汰弱存强，走向发展。市场，竞争，商品经济，自由发展，总体来看，迟早会解决大部分我们觉得为难的问题。过去的盛事可再，盛事必再，也可说，盛事已再了。

二〇〇二年十一月

# 谁是衣食父母？

上世纪五十年代中，一种表述大大推动了书业的发展：作家是出版社的衣食父母。

当时可能是为了适应知识分子会议的召开，上面有人谈到出版行业，于是做出如是表述。这在那时是石破天惊的。因此而起，不少出版社制定出一系列关于如何善待作家的规定；出版社领导人亲自赴各地组稿，同作家亲切晤谈。记得有一位西北的学者，在一部稿子的序言末尾写道："稿成，有书贾来，乃付之去。"我辈青年见之大哗，因为书贾云云，乃指当时根据上级指示去洽谈的出版社领导。无产阶级出版社领导焉可称之为"书贾"？但是领导对此，一笑而已，全文照印，一字不改。当年"衣食父母论"之作用，若此。

不用提以后的反复了。一九五七年，一九六六年，特别是后者，"衣食父母论"都遭到严厉抨击。有兴趣的朋友，大可发掘史料，写成专论，把中国出版业的这一侧面尽情表现出来。

我现在要谈的不在此，而是过去书业总是忘掉另一个衣食父母：读者。

鄙人业书五十余载，至少在改革开放之前，是较少听人真正提到读者的。说空话，当然还说读者第一。但是那时的一本书，只要出，总能印一万五到二万册，不愁读者。有的书印得少，不是销不出去，是因为内容关系要控制印数。尽管一九四九年以前有极其丰富的传媒联系读者的传统，甚至可以说，读者往往就是革命工作的支持者，但在胜利后，却往往较少提到了。一直到改革开放后，读者的地位才逐步提高。到了现在，随着营销的抬头，读者的"衣食父母"地位才呈显无遗。

八十年代后我主要编《读书》杂志。起先也并不重视读者，后来发现，读者才真正是自己的知心人。你只要发了一些值得注意的文章，或者在编后记里有一些自己的见解，隔几天就会接到一大批来信。特别是，当自己受了些委屈，不慎发了几句牢骚时，安慰者有，劝告者有，大多是表示支持，希望振作精神，为文化事业献身。我辈从小是做别人或被别人做"思想工作"长大的。看到这些信，再想想，还有比这更能让自己动心的思想政治工作吗？

退休之后，手中还积存了一批读者来信，闲时翻阅，心中仍然免不了激动。遗憾的是，来信十之七八都没作复，发表的也只十之二三。原因除懒之外，更在于当编辑的世故：怕在容易得咎的年代同陌生朋友多通信容易惹祸。其实全是多虑。看过去名编的书信，不少是同陌生朋友联系的，由此造成多少值得称道的文学因缘啊！

二○○三年一月

# 七十二·五十五·三

　　旅美女作家於梨华来，赠我一册新出的散文集《别西冷庄园》。见到她后，共饭两次，又细读她的新著，不免思绪万千。

　　我认识的作家无数，但说来也怪，以这位远在他国异乡的女士为最早，算起来，该有五十五六年了吧。当年我是上海一家银楼（首饰店）的小学徒，忽一日，店主家来了位亲戚，於升峰先生，是留法的化学家，由我们小伙计招待侍候。过些时候，於家全家都从大后方来了，住在银楼的三楼。照例，这些位当时我们的心目中的贵客不会到我住的一楼漱隘的小屋来。但说来也凑巧，升峰先生的大小姐名梨华的，忽然想看书。银楼里上上下下哪会有书？于是有位饭司务（厨师）说，书只有一楼那个小伙计那里有，于是於小姐就屈尊找上门来了。

我在这家小店里算是爱读书的，但也不过念念《古文观止》，背些尺牍，读读英文《泰西五十轶事》，有时看看鸳鸯蝴蝶派的小说。当时也有点新思想，就是常去我所工作的银楼附近的吕班路（今重庆南路）生活书店买"青年自学丛书"看。这大概是我喜欢上出版这一行以及后来当上生活·读书·新知三联书店员工的契机。其中沈起予先生写的《怎样阅读文艺作品》我尤为爱读。我不记得借给了於小姐什么书，但不论如何，彼此都认识了，而且都知道对方喜欢读书。那时我才十五六岁，失学未久，还有点复学的念头。

　　一晃几十年过去。蓦然看见报上说女作家於梨华如何如何，这个奇怪的姓，立刻引起我的注意，因为这似乎是浙江镇海某地独一无二的姓。于是就找她的书来读。读过小说，再读随笔，以及当年新写的纪实作品《新中国的女性》等等。其间多次通信。我还妄图张罗出她的文集，但没成功，直到这次读她新出的文集《别西冷庄园》。

　　於梨华与我同龄，都已七十二岁，可谓垂垂老矣。她的散文集，有老年作家的特点：娴于怀旧。这当然特别对我的胃口了。她说美国的生活，我读来只觉新鲜，但当读到她写父母的往事，就禁不住要震惊了。

於升峰老先生我只见过几面，但通信倒有多次。这是因为店主见我喜写毛笔字，爱读尺牍，常让我为他代笔写信给这位大知识分子亲戚。於先生的浪漫在镇海同乡中是很有名的，我常听长者谈起。他太太，只记得是位拘谨守礼的妇女，当年印象不深。但读了於梨华的回忆《探母有感》，实在对这位老人家肃然起敬了。於老太太一生并未得到多少丈夫的深情钟爱，但相夫教子，终生不渝。老人家的这类德性，不可学习，但要崇敬。因为在彼时彼地，一个受教育不多的妇女，对人类、社会、家庭的所能为，也就只可尽于此了。於升峰先生在我原来的心目中是彼地的大官，读后知道，老先生因为耿直，仕途并不亨通，晚境也不免凄凉。这类怀才的老知识分子所病多在秉性不肯妥协，甚至如於梨华所说，会"当众'开销'上司"。於梨华笔下对父亲有褒有贬，态度相当公正，这大概不是她在中国受的"为尊者讳"的教育，有点美国脾气吧。但又一想，也不见得。因为我最早听说她的故事是她在台湾大学外文系同老师俞教授抬杠的故事。也许，我十五六岁时认识的这位小妮子，从来就是一个倔强性格呢！

在散文集《别西冷庄园》里确实可以找到一些"倔强"

的印证。例如，她写了一本《新中国的女性》，得罪了台湾当局，竟然名列黑名单，多少年不让回台湾。我又回想起十多年前我们在北京饭店的一席谈话，那坦率直让我这小书商出一身冷汗。

人都老了。我看着於梨华那仍然欢乐、畅然的笑脸，不知怎的，又想起她散文中对自己母亲晚年"眼里没有认知，脸上没有喜悦"的描述。下次见面，我们这些老人会不会这样呢？但不论如何，我更相信於梨华小弟弟的一席话："母亲没有老年痴呆症，只是她已回到三岁孩童时期，世事不知。何尝不是幸福。"

我这几天的幸福是回到了十五六岁，可以同梨华小姐大谈往事，并像当年那样向她介绍自己看过的书（上海文艺出版社新出的一本书，我推荐她一读，但这里买不到，我请她到上海问陈保平兄要）。下次再见，我想，也许我该回到"三岁孩童时期"了。

从七十二岁退回五十五年，可以叙说当年的往事，是一种幸福。如果能再退到"三岁孩童时期"，那一定更幸福了。

二〇〇二年十月

# 牛虻和虱子

写过作家於梨华，于是想起了翻译家李俍民。这是我在十几岁学徒生涯时遇到的另一位大知识分子。

大约是一九四七年吧，某日，店主人带来一个同乡，说要住在店里，让我安排住宿。这种事常有，而且来的不少是从苏北解放区来的地下工作者，原先新四军所谓"三五支队"的。来干什么，我一点也不知道，只知道，他们往往来时穿得破破烂烂，下次见到时可能已经服饰鲜明，焕然一新。可是这次来的这位，说要住许多天。到哪里住？我想，就把我的床铺给他吧，自己去别处借宿。

大约一周时间，我们天天相处。我知道他叫李俍民。他长我十来岁，还谈得来。他很坦诚告诉我是在苏北工作的，现在因病来沪治疗。他的家在上海，是大地产商，他原来是富家子弟，过一阵子再回家去，现在不便。过几天，果然回家去了，以后又常来，知道他已入沪江大学，读英语。我是喜欢学洋文的，没事常找他请教。他谦虚至极，但总会给我一些指点。

李俍民先生走后，我又住在原来的床上，用我自己过去的被褥。过一阵，只觉浑身奇痒。慢慢，在裤腰处发现小虫。经请教大人，才知长了一身虱子——俍民先生将从苏北解放区带来的虱子过渡到我的床上和身上了。我没任何埋怨，只觉得好玩。当然也一点没意识到它的进步意义。

后来我知道李先生又通俄语。我当时也在学俄语，所以也常请教他。我学得并不专心，因为当时又迷上世界语（Esperanto），不知该先学好哪样。等我后来参加工作，专心学俄语，俍民先生已经译著甚多了。他最著名的译品是《牛虻》。刚读《牛虻》，我立即联想到俍民先生当年给我带来的虱子。从苏北解放区来的虱子没在我身上产生牛虻的革命作用，但是这虱子确实使我对革命和革命家产生好感。一个富家子弟，凭什么跑到苏北去长虱子呢？我还记得，当年店主要我照料的客人中，有一位带着一本英文书来，不时阅读。他以为我不会懂英文，有时把书交我收管。我一看，是桥牌手册。共产党员为什么还要读这书？后来细心观察，才知此君为工作需要，常要陪上海商人打桥牌，因而不得不细心研究牌经。某日，我果然被安排去伺候一些人打桥牌，其中即有此君。我看他 diamond、spade……叫得很热闹。心里不免佩服当年革命知识分子的热忱。此君的名字现在记不得了，想必过去也是有钱人家的子弟。如此尽心的人，六十年代听说，不知为什么挨整了。

倪民先生后来是我同行了，同在出版业。听说他也在什么运动中挨过整。李先生从苏北回来后，一直从事译事。我知道，他是出版界有名只译革命小说的人，直到九十年代初去世。近来我查读宁波镇海大碶镇网站（大碶镇是倪民先生故乡），知道他其实一九三七年即已参加抗日斗争，真正是老革命了。这么一位老同志，从参加革命斗争到毕生译述革命作品，真可谓为革命献身了。

遗憾的只是，我敬佩他的虬子、他的《牛虻》，却没有让它们在我身上产生更多革命作用。

二〇〇二年十二月

# 老年时期

在一次北京老人之间的宴席上，传说一个故事：

张中行老先生近来已经不能行动，有记者采访他，老人神志清楚，但无法以言词应对，只在纸上写了这么一句话：想不到老年时期就这么过去了（大意）。

这故事在老人们之间引起不少反响。

老人们集会，容易听到的话是：老了，不中用了。现在张老这话指出，人还有一个"老年时期"，还能做事。这使我很容易想起韬奋先生引用过的伍廷芳说的一句英语"I am seventy years young"。韬奋接着说："我们知道英语说多少岁数，总是说'怎样老'，十岁的说'十岁老'，二十岁的说'二十岁老'。伍老博士到了七十岁，偏说'我是七十岁幼'！这是表示他老而不老！年老而精神不老！""伍老博士用的'幼'字代'老'字，在英语尤能相映成趣，非译文所解尽达。"

我认识张中行先生时，他至少已到六十高龄了，应当正是"老年"时期。说实话，我们这类读《青春之歌》长大的人，听说张中行就是这部小说里某个不敢革命的年轻人的原型时，心里不免有点不敬。等到见面，才发现这位老人慈祥、和蔼，更不要说博学了，于是原有的先入之见一扫而空。他长年在教材出版系统，所以彼此说起来，共同的熟人也多。当然，更重要的是，此老的文章写得真好。早年的《读书》，说实话全靠这么一批老文人支撑下来的。那个"十一届三中全会"，真不知会有那么大的威力，让那么一大批老人"young"起来。金克木、吕叔湘、王佐良、张中行，等等，等等，让我们永远有用不完的好稿子，让刊物永远有无穷活力。我们现在读到的张老多卷本厚厚的文集，应当说都是他"老年时期"的成果。

张老对《读书》，另一贡献是"识人"。《读书》的编辑，我再三说过，绝大多数没有学历，说得好也只是"草莽英雄"。赵丽雅（扬之水）尤为突出。本人有一"名言"形容赵君：她喜单独旅行，而每次远征都能平安归来，令人既高兴又诧异。一次说起原因，我说这可能是她双目炯炯，服装毫不讲究，蓦然看来，倒会令旁人首先戒备一番，不会想到要去抢劫她。这么一位女士，却让我们的张老委实"动心"。张老同我说过不止一次，更多是亲自为书作文，表彰赵君的学识和努力。他的《赵丽雅》一文，我看大可作为谈编辑的范文。说实话，我也是读了这篇文章才知道每天见面的这位小女子委实有功力，自己也从中悟出不少做编辑的道理。我们行业里有一种以敝店创办人命名的奖励，我很想以此文为证去为赵君申请此奖，但后来听说人家另有标准，也就不说了。但张老在"老年时期"的这一功德，我辈永远牢记不忘。

我同张老常见面的地方是平安里的柳泉居饭馆。那是一个典型的老北京餐馆，据说明代就有了。每次听他在那里指点菜肴，让我懂得不少北京菜的道理。现在去西城，总还是要去柳泉居，在那里想想 I am seventy years young，能做出什么事来。于是，一当肚子撑饱，赶紧骑车动身，忙这忙那，因为自己也算过了 seventy，用我的"洋泾浜英语"来说，"so young，so young！"

二〇〇四年六月

# 想做"三亚"人

　　海南三亚，据说风景宜人，内地士子学人颇有在那里置产购车，以为休假胜地，闻之不胜钦羡。不过，老迈至此，岂敢再有此非分之想。目前只想做一个另一意义上的"三亚"人。

　　眼下所求者，在此三"亚"：

　　第一是"亚健康"。"亚健康"也者，是指介于健康与疾病之间的一种状态，虽无临床症状，但多有潜在病患。医学界正在帮助人们走出"亚健康"状态，但此事谈何容易。就老人来说，处于"亚健康"状态，虽属苟活，却已万幸，何必非要"走出"不可。倦怠乏力，四肢不勤，昏昏欲睡，那就躺下休息。躺得腻了，再起来做些力所能及的事，譬如看二三页校样。自然，如有高人，可于此刻善修止观，身心调和，做到湛然空寂，自然更好。

第二是"亚文化"。这里用的是当代流行名词，我并不懂得它在科学上的确实含义。我只知道，人老了，许多地方已无法与另一代或几代人十分合群，往往表现出同社会上占主导地位的文化观念有所迥异。老人们经常表现出的"怪异"，我想大多属于此类。我最欣赏的老年亚文化是糊涂。一些文化人在一起，说着说着，便要谈到尖锐问题，此时救命的药便是糊涂；再不然，还有一个老年亚文化的常药可治：尿频。遇到不可解、不可说、不可问之事，躲到厕所里，万事大吉。

　　第三个"亚"更是一个杜撰的新词："亚干部"。我辈从来也不是自由的文化人，而是属于体制之内某级某层的"干部"。干部也者，是要服管的，不然饭碗岌岌可危。老了以后，退休了，一个好处是，管得不那么严了，故名之曰："亚干部"。通知你开会，可以说这几天血压高，去不了了。凡是不附带宴席的会，我看大多可以谢绝。另外，干部要看文件。成了"亚"级以后，也以谢绝为好。尤其是交友广阔者，看过某一文件，以后忽然说某事泄密，而得密者又是你熟识的 Smith 或 Johnson，你就不大好摆脱干系，索性不看，一了百了。好在凡文件所载，过几天网上必有报道。网上的新闻，我只虑其过多，而很少担心遗漏。如是，求知之欲仍可满足，何必循规蹈矩呢？文化干部中也有所谓"五十五岁效应"一说。这不是说五十五岁以后的大小文化界领导人忙于捞钱，而是指他们到这年龄大多不大能被管住，因为其时对升迁已不大寄以厚望。以当今之宽松，五十五岁以上不大听话的，至多只是赶紧让他们退休，驱之入"亚状态"而已，不会再有劳改惩罚政策了。

想来想去，"三亚"真好，"三亚"万岁！

二〇〇四年四月

# 卫浩世的启示

作为"亚干部"，少了不少公费出访的机会。至少是大陆以外的书展，没可能再去观赏了。前四五年一度想去看看台北的书业，那是要办重重审批手续的。报告上去，不料第一站就给打了回来，理由是"没有工作需要"。确实如此。有什么"需要"，让你这种破老头认为自己可以去观光台北的出版活动呢？

于是，兴趣转移到读读关于外国出版业的图书和刊物上。最近在读的是法兰克福书展前主席卫浩世的回忆录：《愤怒书尘》。

《愤怒书尘》，多怪的书名。看到德文原文，稍稍明白一点，是"把自己的愤怒写到书架的灰尘里去"。这多半是一句德文成语或名人名言，惜乎不学如我，一无所知。

把"愤怒"写入"书尘"，够凄凉，够惨痛。但更可观的是作者的愤怒。他是一九六八时期的大学生。于是一切恍然大悟。这时期的欧洲青年，被称为"无父的一代"。他们否认和拒绝家庭、父亲甚至自己的语言。经过这种"自然放逐"，他们终于认识到创造的必要。卫浩世详细地讲述了他在悟识到一切之后，在书业创业的过程。于是，新一代的西方有识之士又开始了创造。卫浩世经过二十多年奋战，一步一脚印，终于把这个书展办成全世界出版人的"麦加"。凡是出版人，没有不到那里去朝圣的。鄙人当然也去观光过。尽管已在十好几年之前，也仍然印象深刻。

书展现在同我无关。值得一提的是，凡书业中有成就的人士，大多经历过一番思想乃至行为骚动的历程。他们不安于社会上现成的摆布，于是向书这个最敏感、最"触及灵魂"的行业进军，通过做书来述说自己的人生诉求。也只有这样去向书业进军，才能做出成绩，如卫浩世然。

这又想到当前书业热烈的讨论：出版产业究竟是什么领先，文化呢，还是经济？我当然赞成刘杲先生他们的主张："改革开放和现代化建设需要出版产业为之提供有力的思想保证、精神动力和智力支持，需要出版产业宣传科学真理、传播先进文化、塑造美好心灵、弘扬社会正气、倡导科学精神。"要做到这一点,主持人就必须有文化理念,有某种精神骚动,促使他不得不尔,为文化献身,而不只是为了"码洋"。

明乎此,这里网络和报刊上热闹的争论,似乎就容易辨明是非了。

二○○四年四月

# 自愧不如

前几年台湾《联合报》上，登了一篇女作家张爱玲的旧作:《编辑之痒》。张女士说，她为《皇冠》杂志写了一篇文章，说自己"不会待人接物，不会说话。话虽不多，'夫人不言，言必有'失"。结果，刊出时，"言必有失"被改成"言必有中"。另外，上海的旧路名"张家浜"被印成"张家滨"。张爱玲不无沮丧地说:

英文名言有"编辑之痒"（editorial itch）这名词。编辑手痒，似比"七年之痒"还更普遍，中外皆然。当然"浜"改"滨"，"言必有失"改"言必有中"不过是尽责的编者看着眼生就觉得不妥，也许礼貌地归于笔误，径予改正。在我却是偶有佳句，得而复失，就像心口戳了一刀。明知一言既出，驷马难追，何况白纸黑字，读者先有了个印象，再辨正也晚了。

张爱玲究竟是见过大场面的，相当通达，没有因为"心口戳了一刀"而大骂编辑，甚至还说，这是一位"尽责的编者"。看来，这位编者确非全然无能之辈，至少，他读过四书，知道"言必有中"的出处，这在这里也颇为难得。不过，究竟还是改错了。

四十年代中，看过葛传椝教授的谈学英语的书。在南方，葛教授是出了名的严格且直言不讳的英语专家。他讲许多人的英语底子不错，可是还是读不通某些英语书，原因在于读者的聪明不如作者。作者的机智、幽默、借喻、反讽，诸如此类，读者如果缺少作者的那点灵性，便会堕入五里雾中。自大一点的读者，也许会斥责作者的不通。换了编辑，大概便会动手替作者改文章了。

五十年代初，吕叔湘先生提倡做翻译必须有"杂学"，举了"六字真言"为例。他在翻译班上用一篇文章请学生做练习，其中"六字真言"英译文居然没一个学生能够还原，都觉得不知所云。吕先生是出名厚道的，他没说什么聪明不聪明，只是劝说新进的译者要看杂书（例如，读过济公传便知道"六字真言"是什么），有"杂学"。把吕先生说的这段故事挪到编辑工作上来，也很贴切。有的编辑说不定会把这六字真言统统删去。

编辑要尽责，不在话下。只是如何尽法，实在说来话长。作者大多是才俊之士。不如此，也无法把这三四千个汉字搬弄得那么出神入化。作者越是有灵气，编辑越是不易对付。编辑同作者，委实是一场比灵气的斗争。大体说来，应当承认，编辑之聪明、灵气多半不似作者。这不是说编辑不行，而是说编辑之所长，原不在此。编辑之自满，也许我们这里又胜于世界别处。因为我们多年来对编辑的教育，是要他们去为人师。照这里四十几年来的传统，编辑可说权倾一时，既是审查者、把关者，又是指导者。看一部稿子，指出两三个问题，可说"指导有方"，其实从这稿子中得到十个八个教益，较少为人提到。编辑要"自愧不如"一些，也许反倒可以更加尽责，更能一杀编辑之"痒"。

刚做编辑时，学了《语法修辞讲话》，知道一句话有主、谓、宾之分，便迫不及待地小试牛刀起来。已记不清当时如何乱施刀斧，但相信，如把鲁迅的《野草》掩去作者姓名，那时至少可以找出十几条所谓语法问题。几年前刚读到张中行先生大作，颇惊讶其行文之突兀，但又有一种令人难忘的魅力。不过如在五十年代拜读，大概便会斥为不通，至少是觉得有些逗号要删去。这不是说那部《语法修辞讲话》不好，只是自己学得浅容易满而已。在张老这些才智之士面前，犹不能自承愚鲁，其为编辑可乎？

写这稿时，正在读陈原老人的《社会语言学札记》校样，其中把pidgin译为"泾浜"，马上觉得，这里漏一"洋"字。鄙人曾经久居上海，岂能不知"洋泾浜"其字其事？霎时间，志满意得，仿佛发了一注小财。但是，刚要下笔，忽然想起"编辑之痒"，于是马上去问陈老。方知他是故意不要"洋"字的，因为pidgin语，不只指中国的不标准英语，也指东南亚等很多国家的这类英语。中国的pidgin也许可译"洋泾浜"，那么菲律宾的pidgin又当如何译呢？显然，陈老于此有深究焉！看来，为编辑者，首要之务，是得自承谫陋——在高明的作者面前。

一九九八年三月

# 阿拉伯数码之灾

素昧平生的成幼殊女士给我寄来一本她编的《阿拉伯数码之灾》(知识产权出版社，二○○三，内部资料)，喜出望外。

全书批评一九八七年起实行的出版物中数字用法的一些规定。这类规定是我熟悉不过的事，近年来于光远、李普等长者不断为文批评这些规定，我亦颇有所闻。现在于、李诸老请成幼殊女士编了这么一本书，倒是意外。更意外的是，我大约半年前刚读过成女士写的一本内容和装帧都很美的书:《幸存的一粟》。由此书知道她是一位诗人，后来是外交官。诗人而关心出版物中数字用法，大是奇事。《幸存的一粟》由屠岸先生作序。屠先生是我经常请益的同业长者，序中提到的许多往事，我这上海当年的"小赤佬"，也略略有所闻说(我因年龄、处境都无缘厕身当年的文化界，但因幼小时在彼地做过佣工，常常听人说起此类轶闻）。更巧的是，此书第108页提到作者的表姐是杨静远女士。杨女士是我们五十年代的同事，她当时是三联书店的编辑，人品、学问都为我所敬仰。因此，书读过后，立即向老杨致意。

出版行业十几年来规定，出版物中的数字在绝大多数场合都必须用阿拉伯数字，许多报刊出版社都奉行不辍，尽管学界对此怨声载道。接到这个通知那年，我刚接手《读书》杂志主编职务不久，当时对于要否实行这一办法十分踌躇。我的前任是前辈陈原先生，他当时正任管理语言的机关的大头头，同时还在担任《读书》编委。按人事关系说，《读书》应当是执行这一规定的模范。但是，奇怪的是，我几次向陈老请示此事，他都含糊其词，总是说你做主好了。我曾是他的小秘书，有点琢磨出陈老的意思，就悍然决定：《读书》不实行这办法。再请陈老过目有关决定，他亦不圈不批。于是多少年来，《读书》一仍其旧，不用阿拉伯数字（除了在征引书籍举证页数时可用外）——感谢我的后任，他们也从未改动过这个"土办法"。

这多少年，这里那里对《读书》都有不少非议，但似乎还没人非议过《读书》从不用阿拉伯数字。其实，按大陆出版业不成文的规矩说，不用也就不用了，只不过，你这书、这刊可能因此就评不上某某奖了，因为这样一来就通不过某个关于出版物质量的规定。评奖之事，说大不大，说小也不小。你这领导人如果能使自己领导下的书刊经常得奖，大大有利单位处境乃至个人升迁。我辈既然深知个中奥秘，于是一下狠心：《读书》杂志索性不参加任何评奖。后来，更发展为：三联书店的出版物不参加评奖。

我很尊重出版界的几个奖项。说实话，我还曾是某个奖的评委。这些奖，对提高出版物质量不无好处。其中对排校质量的规定，也有益扼制低劣出版物。只是这个阿拉伯数字用法，却实在要不得。

成先生出这么一本内部资料，看来是要贴钱的。年近八旬的老诗人还要出钱出力干这类傻事，是为良矣不良矣？也许标准不同看法就各异了。

二〇〇四年一月

# 文化追求

出版界的老领导人刘杲先生近来一再发表一个主张：在出版业里，文化是目的，经济是手段。意思是说，出版工作首先是一种文化活动。

这话听来稀松平常，但在大陆的语境说，却是惊世骇俗的不凡之语。出版家当然是文化人，但说实话，多年以来，"文化人"却不一定是个好词。前多少年里，强调某人是"文化人"，多少在暗示其人不够"政治"。此人如果在做文化工作，特别是当领导，就要时刻提醒其人注意"政治导向"，免得"文化第一"。近十多年来，此风稍有止息。但是文化仍然不可第一。因为，至少在出版业内，已经演变为第一是经济。说某人是"文化人"，言外之意往往是，此公多半不谙经营。因此，也得对其人稍有警惕，不可过于重用，免得败坏大事。

刘先生强调文化第一，当然说得极其全面，甚少瑕疵可击。例如，把"文化"定义为"出版物所承载的社会主义文化建设的内容"，这当然已包括"导向"问题在内。诸如此类，自然还得讨论。但刘先生所论的矛头所向，还是很明白的。

因这场讨论，想起了老出版人的文化追求问题。出版史专家汪家熔先生不久前出版了一本专著《近代出版人的文化追求》（广西教育出版社）。在讨论这类的问题时，读读这本书是很有意义的。汪先生以商务印书馆在二十世纪的文化轨迹为例，通过张元济、陆费逵、王云五等人的文化贡献，来说明前人是如何进行文化追求的。这中间，最有意思的是谈王云五。这位王先生，在我二十世纪五十年代以来所受的行业教育中，实际上是位反面人物。他的"战犯"劣迹不去说它，单在出版领域，此公据说实行什么科学管理方法，就是矛头针对进步文化人的。因此，二十世纪五十年代以来，我们从小学过的"四角号码口诀"，第一句"一划二垂三点捺"，不得不改为"划一垂二点捺三"，以示与王云五划清界限。现在，据汪先生研究，此公其实也有非常值得效法的文化追求，应当说这是王公办好商务印书馆的一个主要原因。相比之下，汪著对王着墨略少，著者实事求是地说：对王云五，"因为众所周知的原因，对他的研究刚刚起步"，"研究他的材料很丰富，但由表及里，由此及彼，去伪存真，要花相当大的力气，而且还得翻翻他规划的书的内容，所以只能慢慢来"。

　　看看前辈的文化追求，想想自己做过的事情，实在觉得我辈在文化上的浅薄和短视。


二○○四年二月

# 索引小事

大陆出版物的繁杂与众多，是前无古人的。就中的确不乏好书，值得翻检。要说目前"无书可读"，委实说不过去。不过，量的增长远过于质的提高，也是一件无法回避的事实。

这里的图书有质量标准。达不到标准，就算不合格品，这不假。但是，不说在质量标准上也可以弄虚作假，就是完全达到了标准，难道就是一件合格品——合乎标准的图书了吗？！

别的不说，学术图书应当有索引（index），这可说是中外通例。可是，任你怎么呼吁，索引之物至今到不得中国大陆的学术典籍上来，不论是哪一家出版社出的书，概莫能外。

中国古典，有人编过一些索引，功德无量。但是今人著译，一律不附索引。最妙的是，外文原著倘有索引，中译本中一概删去。我编书无数，也曾删索引无数。六十年代初实在不忍心再删，做了一个试验：在译本书页边上注出原书页数，然后照样附上原书索引，说明这里的页数是译本的"边码"。这也算是做了一件好事。但至今肯这样做的出版社虽然有却并不多。即使如此，每当我拿起这样一本出版物，总还爱不忍释。但想想近半个来世纪中国在这方面居然一无长进，不禁长叹。国人著作而能自编索引的，也许会有，惜乎我没大见过。不少出版社喜欢重译过去畅销过的旧书，从一个意义上说，也是有意义的事。有的甚至附上原文，加上大量插图，搞得声势浩大。但是，原书的索引未见有人肯补上。地图也尽量少附，免得费劲。这么做，究竟对读者有什么好处呢？

《明报》三月二十九日有一篇妙文《开一扇学问的后窗》，谈索引的必要，广征博引，极有启发。文中谈到内地学者屡屡提倡索引，而未得果。其实原因也简单：出版业愈来愈追求赢利，索引之事占篇幅不多，而费力太大，在不少人看来，实在划不来。

大家忙着去挣钱，编教辅，卖书号，一刊多号，一物多用，委实没人再操心此等情事。听说，中国最著名的名牌出版集团在编"中华名人丛书"，我不知道其中有无索引。吾人且拭目以待之。

二○○四年四月

# 一头牛的看法

对台湾出版大家郝明义和他写的《工作DNA》，我可以很自豪地说一句：其人和其书，在大陆的出版同行之中，我都是最早有缘结识的人中的一个。

从一认识郝明义起，我就满怀敬意。他，坐在手推车上，工作和生活可以说都不甚灵便，但很少能看到像他这样具有强烈的生活、工作和创新意识的人。我还记得二十来年前我们结识后不久的一个夜晚，似乎是在一个卡拉OK的集会上，我看他兴致勃勃，又说又唱。唱起歌来，嗓门洪亮，极富情趣，看来是全身心投入，不是敷衍了事，逢场作戏。他的强烈的、十分自主的生活情趣和被动的、无奈的行动拘束，形成强烈的对比，我由是知道一个人的心灵自由有多大的意义。

当然，更多的接触是在出版业务上。当时他还只是一只《工作DNA》中所描述的骆驼，而不是鲸鱼；而我，从五十年代初开始工作的第一天起，就心甘情愿地当一头牛。做"老黄牛"是我们这一代人的口号。老黄牛也者，就是听话，苦干，绝不能有任何非分之想。我很奇怪，从结识郝明义起，直到今天，常听说一个词叫"营销"。我从懂得和从事出版的第一天起，就只知道一本书印出来，新华书店怎么也会要一万五千册，除此之外，何必他求。我领导过出版社，常用的一手是：控制印数，绝不能冒进。不能多印的书主动多印，就是犯错误。六十年代后，我受命编灰皮书、黄皮书，就严格控制发行范围，这才博得上级的信任。在这么一种思路下做出版工作，怎么能理解郝明义其人其事呢？

幸而，他是随着改革开放的脚步来到大陆的。我这头黄牛，其时正处于彷徨和迷惑之中，无奈之余，只得抬头四处仰望，看看有没有用另一种方式耕种革命的出版田的机会。这时，瞅到了这位坐着手推车的大骆驼。他行动不便，可谓板滞，可是思路灵活，往往出人意外。例如，一二十年前，他居然同我讨论如何在海峡彼岸出版《资本论》的问题。我当时开玩笑地说，以后我都可以介绍你们做 communist 了。其实我很懂得，这在海峡彼岸，只是引入一个可靠的经济学译本——大家知道，这里的《资本论》中译本是投入了大量人力物力，译文是很有水平的。可以说，在这种思路的启发下，当年我才敢于做托夫勒的《第三次浪潮》的中译，由是打开了借助出版引入新思潮的门径。

郝明义做了鲸鱼以后，我们有更多接触了解的机会。我当然更有机会领略到他在广阔的出版大海中，自由游弋的本领。

在出版行业里，我近年经常宣扬一种思想：要研究台湾的出版经验。毕竟，把出版当作一种经营来运作，他们比我们起步早。走得早，好歹摸索出一些新路，更何况那些在不停止地思索、探求和进取之中的人。这一些年，我非常欣赏他的一个业务才能是善于把经典同时髦相结合。经济一搞活，不论你意愿如何，时髦的货色立刻蜂拥而来。于是，卫道之士或诅咒，或责骂，似乎一切都搞错了。我暗中观察，解决之道只能像郝明义那样，耐心引导，细心解说，说明时髦是需要的，但它也源于远古，同经典并不矛盾。只有懂得"故"，时髦才更有新意。现在大陆有了女博士说《论语》，似乎做得更精彩。但究源头看，郝明义他们曾经走在前头。只是那里市场小，人口少，不如这里吆喝起来嗓门大。

说来归去，我这一辈子都是做牛式的出版：听话、恭顺，不敢越雷池一步。年轻的朋友可能不知道，在几十年前的这里，说某人搞出版长于"独立思考"，那可能是对其人最大的打击。因为这一来，也许他会遭难多年。现在世道不同，新型的出版家们，你们有可能做做鸟，做骆驼，做鲸鱼了。让我这头老朽的牛祝愿诸位，在读了郝明义的这本《工作DNA》以后，身体力行，更有发明，成为改革后日益兴旺的出版业中前所未有的大鸟、大骆驼和大鲸鱼！

二〇〇七年

# 一个错字

可以吹一句牛：平生为各方英雄豪杰编书近千种。可是自己还没出版过什么论作，原因无他，并无论作而已。五十年代初开始学做翻译，出了几本书，但那是由于当年老领导宽容，鼓励业余译书，既能让我辈增加收入，又可以提高外语能力。在上世纪五十年代，业余做事而又能有收入的，大概只有这一项。我记得，当年社内一电工师傅帮人家修电灯赚了些外快，后来挨批。这位师傅愤愤不平，说你们编辑可以赚外快，我们为什么不能。我当时着实有点羞愧。

到了告老还乡一切该鸣金收兵的光景，朋友却鼓励我把当年《读书》上的应景文字集为一书，名曰:《阁楼人语》。这都是一些工作报告，不是文章，所以出书，也许只对了解上世纪八九十年代文化转型时期知识界的心态有用。

感谢出版社，印装都做得很地道，署名某某某著，于是这也算是鄙人的一本个人论著，说起来，光彩得很。五十多年耕耘，似乎还没白费劲。

忽然接到几个电话，有鼓励的，有责备的，说的都是第247—248页上的一句话：

> 一本曾经记得滚瓜烂熟的《语录》现在已经忘记大半了，记得起的，又不免夹杂着一些不堪回首的往事经历，不想再去说它。但是，回顾近十多年的现实生活，总觉得"一种倾向掩盖另一种倾向"实为不堪之论。

鼓励和责备说的都是末一句："不堪之论"。或认为评得好，或认为太过狂妄。我自己一看，吓了一跳。编校书刊半个来世纪，何尝有一天敢公开张扬毛泽东主席的话是"不堪之论"。于是去查一九九四年第五期《读书》的原文，方知这里是个排校错误。原文写的是："不刊之论"。

我不记得什么时候学到过这个文雅词。凭我那点儿根底浅薄的学校教育，是不会知道这词的。幸好，《辞海》第

1328页救驾，那里解释"不刊"的意思是"刊，削除。古时书文字于竹简上，有误则削去。不刊，就是无可改易的意思。扬雄《答刘歆书》：'是悬诸日月，不刊之书也'"。以我之不学，怎么会去读扬子云，想必也是从某位今人的文章中辗转学得来的。

心里掉了块石头，赶紧向朋友说明究竟。我是干校对员出身的，这类事情经历过不少。一九五二年际，校对《新华月报》，把"抗美援朝"错为"援美抗朝"。幸蒙领导恩典，宽大处理。

二〇〇四年一月

# 出于爱的不爱和出于不爱的爱

一九九六年一月一日清晨，接到一个电话，通知我已在昨天下午五时退休。这对我并不意外。虽然元旦清早接的电话满以为是有人来祝贺新年，但结果是通知我告别过去，其意义其实并无不同。我并无未了之事，因为早在两年前就已"退居二线"。为这"退居二线"，还着实同上面管人事的朋友吵了一架：我想尽早退下，怕上面不准。"退居二线"之时，贱庚六十又二，被告知全退时，也已经过了六十又四：着实是老了。

从二线退出，干些什么呢？还是不干什么呢？不管三七二十一，先自费出国去游历一番，于是有美利坚之行，天天逛纽约，看哥大东亚图书馆等处的中文旧书，纽约市立图书馆等处的俄文旧书，唯独不读英文书。也曾想过把英文学好一些，但想想在纽约只是短时期过日子，凭句把"Long time no see you"之类我常说的宁波洋泾浜也足可打发日子，不必再去求进了。读书也作笔记。中文旧书主要看上海"孤岛时期"前后若干年的旧书旧刊，因为那些年头我以一个穷得没饭吃的"小赤佬"在上海滩混日子，脑子里有一大堆解不开的谜。看俄文旧书最勤。因为我从一九五三年后，自以为略识几个俄国字，一向注意苏联出书动向，却从来没见识过那么多旧俄著作。在纽约这半年，过的是这一类日子，当为识者所窃笑，但在我说来，读这类闲书所得，却抵得上上一两年大学了。

回来之后，颇思有所作为，自然是想用这类些微所得报效我服务了半世纪的单位。不料得到一个讯息：有人从我退下后境外就此所作出的反应看，认为我颇有不满之心；因为人们断定境外传媒上的一切言论都为我本人所策动。因此，单位的主持人间接托人向我表示，对我这样的处境，实在爱莫能助了。这讯息大概颇有市场。因为这以后多少年，人们凡想非议我的，大多以这一故事为开场白，认为我是对"被迫退休"不满，才采取所谓的"自由主义"立场。人们的这一判断对个人说可是件大事。好在本人究竟也可说久经风浪，虽不敢说已可背妄归真，超出生死，类此区区小误会，所历多矣，何足挂齿！我又想起了外国小说里的故事：如果你爱一个人结果适足以害他，那么，出于爱而不爱他，不是更好？！于是，同我原先深爱的单位和人事都不大有联系了，只怕因爱彼而适足以害彼。

就在这种时候，熟悉了辽宁教育出版社以及俞晓群先生。说实话，"辽教"是我主持过的杂志的广告客户，彼此交既浅，言更不深。按照我当编辑就是"谈情说爱"这个一贯的偏见，同俞先生可谓少情乏爱。以后在老同事介绍下，同俞先生才逐渐熟悉起来。打这以后，却发现此人很有一些特点。概括起来，大概可以说，首先，他的编书之道，颇合我当编辑学徒时老人家们对我的教导：以文会友。当编辑要做到这点并不容易。一个障碍是肯不肯"会"。我当年认识的许多老编辑，生平甚少"会"的习惯，一辈子研习某一科目，学科以外的同行，甚少交往。他们是力求纵深，不求横通。另一类倒是很肯"会友"，却无"文"。这大概首先指的就是我。在我出"道"之后，一看有成就的同行，会起友来，有善写一纸八行笺的书法，有作诗词应和的雅兴，讲洋话则能英德法俄，说应酬则知进退应对，更遑论专业学科的素养。无奈，我只能在饭桌上逞英雄，把酸熘、红烧、白炖等等卖弄得较熟，如斯而已。俞晓群先生在以文会友上，则不仅肯，而且善。他于学问之道相当有心，办事胸有成竹，言不多发，发则必中，的是难得。我把他介绍给吕叔湘、柯灵、陈原等前辈，他们都颔首称善，肯把自己的著作托付给他。更有甚者，他居然欣赏我在纽约读过的种种过时旧书，例如后来问世的《欧洲风化史》三卷，以及后陆续问世的旧俄诸人作品。我很觉得他是个开放懂行的读书人。

　　俞晓群是编辑中善抓大事的人，这也与我不同。我是校对员出身，喜欢纠缠"的、了、吗、呢"，因此，办事耗时费力，事倍功半。自己也知道毛病不小，所以做不了大事业。俞先生就比较有全局眼光。例如，他受我的蛊惑，居然有意在沈阳办一个海派杂志——《万象》，把四十年代的海派文化弄到东北甚至全国去发扬光大。能做到这点，同他的远见分不开。我是办了多年杂志以后才同他合作的。人们多以为，我办这杂志是为了赌气，没有想到我对旧上海的感情，以及对海派文化的展望。我看俞兄是看到我的意向了，因此欣然支持。当然，以后多亏在上海的陆灏兄同晓群兄的精诚合作，才能把这杂志做到今天这地步。

俞先生本行是数学，但他涉猎极广。以数学到数术，以中文到洋文，无不过问。更有甚者，他于经营之道亦有讲究，近年更精心研究电子出版，颇有成就。

我长晓群老弟许多岁。彼此合作，虽近十年，但说实话，我只是告诉他一些陈谷子烂芝麻。说出书路子，我过去奉行的也都旧了。我欣赏他的文学和才干，但实在觉得同他并不是同一代人。一九九六年以后，我同他合作了恁多年，按本人一贯奉行的"谈情说爱"说推论，可以称作"爱"，但是，这爱却实在出于不爱，因为我在出版、编辑业务上，没法同他"平起平坐"。况且，尽管我相信，自己不会再在某个星期日早上接到电话，要我以后不要再如何如何，但也许还是有余悸存焉。因此，凡对爱之深者，必然要说明并非出于"爱"，而只是时势使然，免得以后害人。此为老奸巨猾，抑为时代的教训？亲爱的朋友，您就网开一面，不去深究了罢。

二〇〇三年六月

# 俞晓群数术著作跋

我之知悉俞晓群兄是中国的数术文化专家，大概比一般熟人为早。他的第一本有关专集《数术探秘》，是一九九四年当我还在生活·读书·新知三联书店主持工作时由这家出版社出的。当然，我当时并不认识他，只知道这是一位有修养的业余专家。

我一点不懂数术，说实话，甚至不全能读懂俞兄的著述。我学过一点气功。五十来年前大病之后，曾在上海问学于蒋竹庄师，他授我小周天。当时所学的，包括老师传授和我自己杂览所得，我只记得一句《黄帝内经》中的话："上古之人，其知道者，法于阴阳，和于术数，饮食有节，起居有常，不妄作劳，故能形与神俱，而尽终其天年……"由此，我对数术颇怀敬意。但是，实际上，说实话，半世纪来，我连"起居有常，不妄作劳"都并未做到，遑论深究"和于术数"其中的奥妙。五十年代当时，我一心要在出版这一行做出一些业绩来。在那时的情景下，办法是必须拼命阅读和翻译苏联的"出版工作先进经验"，想方设法由此出人头地，这样才可不再去做天天伏案劳苦的校对工作。如果当时有一说是"数术"来自俄国东正教，我也许会因而热心起来。

九十年代前后开始有十来年光景，因缘时会，俞晓群给我拉下了水，我在他老麾下做编辑工作。这十来年是我从事出版以来最高兴的时候。因为，我几十年来在国内几家最大的出版社所学到的一切，这时有了一个全面实践的机会。这位俞老板也真放手，只要有益于中国文化的书他都敢做。他自己的主意更有文化色彩。例如他创议编印出版"新世纪万有文库"，当时吓了我一跳。因为像我这样一九四九年以后习艺的出版人，非常怕同王云五这个名字挂钩，更不敢去继承这位老先生的事业。好像在我的前辈直到我这一辈眼里，商务印书馆可学，而王云五不可学。岂止不可学，简直不能提，大家只要回想一下当年改写"四角号码歌"的故事就得了。但俞兄的识见打破了我的迷障。我由此觉得他在文化出版上确有大魄力大手笔。

有时也想，这位数术问题专家是不是在出版实践中对数术推往知来的神秘功能有所结合和发挥。因为在近十年的文化出版中，大概数术最可以有发挥余地了。尽管我一点不懂数术，但是我还算是文化出版园地的老兵，看得懂这行业中的奥妙。这十年，由于转制等等原因，这行业里的奥秘越来越被彰显，各种"奇技淫巧"最有用武之地。我不敢说这些同数术有关，但是俞晓群应当是知道这些伎俩的。可是，偏偏这位数术专家，不仅不用这办法，而且本人还颇受其害。

中国的出版，至今病在谋略太多，机心太重，理想太少。俞晓群以及其他一批有志文化的理想型出版家一再"腾挪"自己的理趣，是至今出版文化疲弱的重要原因。

俞兄此病，病在他爱文化甚于一切。他本行源自西方的数学，所以移爱传统数术，本源于对中国文化的热爱。而他主持出版，更是发疯似的擘画种种，以谋繁荣中国文化。他反对"跟风"，强调原创，我有时这样想，你老兄又是怎么去看待河图洛书呢？

俞兄新作出版，我理应欢呼他在数术研究方面的成就，而我这跋语，却在鼓吹他数术以外乃至反数术的实践的成绩。其实，细细想来，此公深究数术，其出发点还在弘扬中国文化，而不只是消磨时间，更不是我这出版商出于纯技术观点的无知遐想。区区私意，无非表示，以俞兄大才，出版业业者诚望他在这领域有更多作为，如此而已。

二〇〇五年

# "新世纪万有文库"第六辑弁言

　　在开始出版"新世纪万有文库"前后，辽宁教育出版社提出一个口号："为建立书香社会奠基"。这口号讲得颇有分寸：只求奠基，未敢说书香社会何时到来。在出版社说来，只是尽其在我，为建立书香社会出一份力。到了今天，我们是否可以说：书香社会正在到来了。

　　何以敢说书香社会正在到来？君不见，中国上上下下，正出现一股轰轰烈烈的创建学习型社会的热潮。二〇〇一年五月，江泽民同志首先提出创建学习型社会的任务。党的十六大以后，大家进一步认识到，创建学习型社会是全面建设小康社会在文化方面的一项重要任务。学习，现在已经成了一项全民的活动。

　　要学习，就得在在有书本可得，处处有书香洋溢。学习自然不能本本主义，然而学习不能没有书本。几十年前的一个伟大号召——"认真作好出版工作"，眼下正在获得新的意义。

"新世纪万有文库"出到了第六辑，离千册的目标已近。虽然"万有文库"的老创办人王云五先生近年声名渐佳，我们却总觉得快要和"文库"话别了，不无惜惜。现在眼见创建学习型社会的蓬勃气势，深感责任重大。"新世纪万有文库"无助于读者直接接触当代最新思潮，学习最新技艺，然而欲明文化学术之源流，洞悉时新学问之底奥，它还应是得力助手。希望在最后几辑，为创建学习型社会服务得更好。

（本文以"'新世纪万有文库'编辑部"名义发表）

# 买它一本并不冤

退休之后，有一点小遗憾：有些过去读过或知道的有意思的外文书，因为在职时忙于行政事务，来不及请人译出来问世。一九九六那年没事，整理一下这方面的书单，算算前后也有好几十种。凑巧，辽宁教育出版社发起编"新世纪万有文库"，同我商量外国文化部分书目。同他们谈得入港，索性把手边的目录奉赠。出版社以后陆续请人译出问世，这里要说的《格言集》（德国利希滕贝格著）就是其一。

这是一本德国的老古董，十八世纪后半期的作品。从俄国作家如托尔斯泰的文字中，见过提到此人。但是，凭我那些德语道行，又怎么读得了它？凑巧，"文革"之后，从"干校"回京，让我在资料室"行走"。因缘时会，得以不时酣读这种种奇书怪文。一天，忽然发现《格言集》原来有俄语译本，赶紧找出结结巴巴读了起来。全书都是"语录"，不长，一段只百把二百字，好歹读得下去。不读则已，一读不觉大喜。原来托翁等名人并未负我，这书实在"对劲"得紧！

所谓"对劲"，按我们出版商的理解，就是：第一，不少话能说到读者的心坎里；第二，话说得俏皮聪明，好看耐嚼。姑引几句讲到我本行的话，可见一斑：

"应该禁止的书，首推禁书目录。"

"庸作虽厚，却空洞无物，以至可以不把它看作书籍，而看作书的硬纸封皮。"

"人类智慧最近一个时期的最伟大发明之一，依我之见，无疑是不看完书而妄加评论的艺术。"

全书不贵，近二十万字，才九元二角。译文相当老到、精彩。买它一本，也许是不冤的。

# 一点想法

　　我是书商，可是并不喜欢读正儿八经的书评。原因也简单，不少书评往往只是空洞的赞扬，它既对提高我个人的文化情趣没有帮助，也对我的业务助益不大。会写好文章的人，似乎又不大愿意去写书评。书评文字，有时沦落到让我们这一流以书为商的人来写，那就更乏味了。

　　说这些话，大概同科学书的书评无关。我的科学水平，在一个场合说过，学到初中物理课的欧姆定律为止。所以，任你是空洞也罢，充实也罢，如何评一本科学著述同我无关。

　　但是，就这样，倒是喜欢上了《科学时报》的读书周刊版。读了好一阵子，还做了不少剪报。这是因为，我虽不爱读"书评"，但爱读同书有关的文字。你不是摆出架子，指出"本书首先阐述了……，然后指明……"，"……

对我们不无启发"，这我就爱看。特别是，讲点同书同作者背景有关的故事，皮里阳秋地指点一下什么，发明一些书中的潜在语言，更高兴。我当年自己编杂志，愿意找人写"以书为中心"的文章，就是这个原因。我在《科学时报》读书周刊版和别的地方，不时读到这类文章，令人高兴。

读书周刊五周年了，值得庆贺。我上面这类想法，不合章法，也不一定合乎时代要求。我希望读书周刊版永远是个关于书的"副刊"，可是，据说，在市场经济条件下，大势所趋，副刊正在走向"终结"。

但我衷心希望《科学时报》读书周刊这个副刊不要终结，至少不要太早终结。

# "看闹猛"小记

　　忽然收到一位上海教授的"伊妹儿"（电子邮件），约写一篇谈二十世纪中国世俗生活演变的长文。喔唷，天哪！鄙人混迹文墨场中虽说已有几十年，却从来没有受过如此宠信。因为大家知道，我在这一"场"里，专事贩运倒卖，拙于自我生产，遑论生产长文。读过韦伯谈学术是一种志业的宏论，深知其事之艰难崇高，岂敢贸然从事！

　　写不写长文再说。讲到世俗生活，倒是我经常关注的一种业余兴趣。所谓世俗生活，照现今先进理论家的说法，"边缘"之事而已。但"边缘"现在已成大热门，不说实践，就是理论，也能卖好价钱。不过我的兴趣不在那些费脑筋的理论，更花不起钱去实践，而只爱从书刊上远眺它的实情；说得难听，也就是喜欢"看热闹"，敝乡谓之"看闹猛"也。本着这心情，某日走过当代中国出版社的门市部，瞥见一本连阔如的旧作《江湖丛谈》，略加翻阅，便觉合意。连老大名，凡在北方住过一些年的，可能都会知道。他是著名的评书艺人，曾经驰名艺坛。一九五七年，此公遭厄，其后少为人知。等到恢复名誉，其人已归道山。我究竟晚生，尽管略知其生平，竟然不知他还是个作家，早在三十年代就在北方的报纸上写专栏，笔名"云游客"。所作后来汇集成书出版，现在这本书，便是它问世几近一个甲子以后的重印本。

《江湖丛谈》，谈的自然全是江湖之事。难为的是，所谈都为北方江湖上的"诀窍"和规矩，从秘密语言到活动地点，头面人物，组织结构，作业方式……特别是无奇不有的坑蒙拐骗伎俩，真可谓"北方江湖大观"。现在读来，最有趣的，自然是种种坑蒙拐骗的内幕，更因为其中不少把戏现在似乎还没有绝迹。这些把戏有的是死灰复燃，有的是根据当前的情况，更加扩而大之。还有一些，怎么说也算不上坑蒙拐骗，但其骗人手法可说是万古流芳，永世不绝。例如，书中讲到江湖上如何只看外表，不识真本领，某人技艺平平而长相出众，却能打败有真价实货的同行。作者于是总结说：

所以，我说社会里的人向来是认假不认真，有多好的本领亦不如相貌惊人。从古至今，有多少能人都是受这种制，未能发达，不怪刘备见了庞统轻视于他呀！

照新派理论，人不断在"建构及表现肉体自我"，服饰的用意亦即在此。江湖道中，其实早已有这种实践了。

对江湖社会的研究，正在引起注意，有一些很认真的研究著作出版。这里偏偏找本旧书来谈，只因其写得好玩。不过，这书用地道的北京话写成，好玩自然主要对北方人而言。就书写得好玩来说，也许写上海的江湖社会可以更讨好些。（恕我孤陋，这样的书肯定已有过，并且不少了。）

本书是一九九五年出版的，已经五年了。装帧格式因而旧些，但好处是，定价也"旧"些：大三十二开五百五十页仅十八元。我似乎也在书店中见过别的版本，但忘了是哪里出的了。

二○○○年四月

# 历史的转折

邓云乡教授论北京的旧建筑，说："如果有一问：旧时北京街上什么建筑最漂亮？我会毫不迟疑地回答：牌楼。旧时北京街道上的旧牌楼，可以说是世界上最华瞻、漂亮的街头装饰建筑之一。国内有牌楼的城市虽多，但与北京是无法比拟的。"

引这段话只是为了吊胃口。邓教授说北京当年有大大小小三十五个牌楼，"可谓洋洋大观"。可是现在怕一个也找不到了。这涉及当年梁思成同当局的一段公案，说来忒繁，表过不提。但现在逛北京，例如走到东单牌楼的旧址，仍旧值得在附近走走。牌楼确是没有了，但在东单（"东单牌楼"的简称）十字路口北侧，有东方广场。这是李嘉诚投资的使北京比美曼哈顿的项目，当然可以一看。南侧，似乎只是一个运动场，一个街心公园。其实，这两处可说更有来头。希望路过东单的诸位，了解北京的"曼哈顿"之余，对这两处也切莫错过。

这一大片，原来是个空地。一九四八至一九四九年，京中战局紧张之际，这里被辟为机场。许多显要人物就从这里乘飞机南下，由此才开辟了海峡彼岸的一片天下，使中国当代历史造成了现在的这个局面。遥想当年，衮衮诸公乘机南行时是怎样的心情，值得后人探索。更有一些显要人士，拒绝南下，例如陈寅恪先生，至今还惹人研探其中因由。当年的进进退退，全发生在这一小片土地上，其意义岂不大哉！

再往前若干年，一九四六年十二月二十四日圣诞夜八时左右，这里又发生了一件大事。北京大学先修班十八岁的女生沈崇离开八面槽她表姐的家，准备到平安影院看电影，走到僻静之处，突然被两个美国兵架住。这两个人是美国海军陆战队的队长皮尔逊和下士普利查德。他们把沈崇架到东单牌楼南侧的东单广场，大概即现今东单公园所在地。就在那里，沈崇遭到非礼。沈崇拼命抗争，大声呼救，路过此地的工人孟昭杰发现后，两次救助未成，便报警求助，才将皮尔逊等带到警察局。这就是抗战胜利后著名的"沈崇事件"。由这事件引起全国风起云涌的学生运动，更激起国共之间的激烈斗争。当时北京大学训导长陈雪屏在校内宣称："该学生不一定是北大学生，同学们何必如此铺张？"也有人说沈崇是延安派来的特务。后来查明，沈崇不是无名之辈，而是清朝两江总督沈葆桢的后代，父亲时任国民党政府交通部处长。她本是胡适推荐入北京大学的。这才使得人们无话可说。

由"沈崇事件"引起的全国性的学生运动，可以说是国民党政府当年在大陆全面溃败的一个重要契机。历史学家金冲及先生因而称一九四七年是中国历史上的"转折年代"。

现在只能在这一小小的街心公园里见到几个孤独的老人在漫步。谁能想到，就在这个小地方，曾经开始了中国历史上的某个重大转折！

# 到北京去做"醒客"

　　十来年前的万圣节，在北京出现了一家私营书店：万圣书园，至今它还是逛北京的读书人不能不去的一个地方。

　　北京的书店够多，够大，西单图书城，王府井新华书店，还有美术馆东街的韬奋图书中心，都是大书店。人声鼎沸，书种繁多，一入其中，仿佛到了书的海洋。它们自然值得流连，但你得花时间，要有耐心。如果你只是想读些社会、人文方面的书，又不想同喧闹比高低，与繁华争短长，那何妨到海淀区成府路蓝旗营上的万圣书园去泡几个小时，也许收获更大一些。

　　万圣书园的主人刘苏里先生，是位政法学专家，十来年前，命运让他弃教从商。近年在中国大陆，"下海"是件令人艳羡的事情。不少读书人因而成了亿万富翁，上了什么什么富豪榜。刘先生下海这一步是走对了，可惜的是所下的是"书海"。他的学问在"书海"里派上了用场，可是财富的增长却并不比别的行业理想——自然还是比教书强得多。

但不论如何，刘先生乐此不疲。我敢说，在我们见到的"书商"之中，读书之多谁也超不过此公去。把读书同经商结合起来，而且结合得那么完美，于是使他的书店具有浓郁的文化特色。大陆现在出书极多，甚至可说太多。你有工夫，自己去书的海洋中遴选，自是好事。但如力不能逮，只能求人为你先选一道，那么这个"先选"一事，刘君自为合适人选。

书种精之外，刘先生还为读书人创造了一个宁静的读书环境。最值得一提的是这里附设的咖啡厅：醒客咖啡吧。"醒客"也者，thinker 之谓也。这个咖啡厅有几句口号，值得摘录：

> 不一定很费钱，但一定很费时间
> 不一定有很多人，但一定有很"醒客"的人
> 不一定是你身体要去的地方，但一定是你精神要
> 　去的地方

作为口号，不免会有点夸张。我们在这个咖啡馆所见的人，"醒客"自然不少，但是去谈恋爱、交朋友的年轻人似乎更多——自然他们也是为了"精神"而去。但不论如何，这家书吧可说是目前书店附设的吧中最大最宁静最温馨的一家。在主人夫妇的调理下，食品也具特色。营业时间到午夜十二时。

我不是"醒客"，去"万圣"有时只是为瞎逛。但我相信刘先生自己的确是个"醒客"，所以他才能开好这么一家书店。

# 听听邓丽君吧！

工作做累了，我爱听邓丽君。怎么会特别喜欢邓丽君？我说不清。我周围的老领导老上级，都是有极高的音乐素养的。例如陈原，他是柴可夫斯基专家，译过许多柴氏论著，这不去说它。有一次他发高烧，我去看他。只见他趴在地毯上，耳朵冲着 HiFi，那里大声地奏鸣着乐声。他告诉我，这里放的是贝多芬第几。他觉得，只有这样听贝多芬，才能稍稍平息高烧给自己带来的难受。又有一次，他很得意地要我专门去看他。进门后，他说你听听刚才是什么音乐，我大为诧异！哪里有什么音乐？原来，他很得意地买了个门铃，按以后，奏的乐声来自贝多芬的什么什么。老人买到了这么个门铃，得意之余，特意要我来赏新。可怜我这"乐盲"，虽然连声赞妙，事实上是一无感受。真是贝多芬于我何与哉！

但我还是要听邓丽君，原因大概就是自己是"乐盲"，外加是懒汉。了解贝多芬、柴可夫斯基……多累！幼年失学，没从小接受好的音乐修养。长大了只好走旁门左道，流连于所谓大众文化，挑些易于理解的东西来做消遣。听了邓丽君后，又收集她的纪念品，包括照片、邮票，当然更有唱片、图书。我特地编印过一本《美丽与孤独》，一个日本作者写的邓丽君的印象记，用来作我对她的悼念。这是邓丽君逝世后写的，其中写邓的寂寞和孤独，特别凄凉。最近这一阵，又入迷于平路的《何日君再来》。平路的书读来很费劲，当年读《禁书启示录》时，便已一身大汗。但读过以后，总还要反过来再看一遍，因为平路总是设计一大堆"关子"，挑战读者的智力。你不可能相信作者说的只是你直觉到的这些简单道理，于是再回过头去，一读再读。蓦然发现奥义所在，于是喜何如之。这《何日君再来》更是扑朔迷离。全书只字不提邓丽君，然而全书处处存在着一个活生生的邓丽君。如此牵肠挂肚，平路女士把我这老龄读者折腾得简直坐卧不安。但再苦也舍不得把书扔掉，非要看看平路如何写出邓丽君毕生的难题："怎么样才能够逃离别人的眼光！"

　　当编辑太苦，所以非得要有精神上出路不可。"无名英雄"云云，只是皮相之见。难为的是无名的折磨。一个天生的 paradox 不断考验着你：要"导向"，给读者的东西要精捡苦选，削皮去核，狠心舍弃；可是又要最大限度地满足读者的需求和喜好，要给他们最新、最美的东西。为后者着想，其实并不是出于什么自由化倾向。现今编辑如我辈者其道德观念还远不到出版前辈前六七十年的远大理想的水准，只不过觉得不这样做有点对不起人。最从坏里说，也无非有些好胜心理而已！可要是一旦处理不好这个 paradox，那后果就严重。要知道，编辑的一切物质待遇都是同它挂着钩呢！

你如此劳心费神，万一无法从现行奖制中得到宽慰，更万一你有时处理失慎，犯了错误——如我当年常有之情况然，那么，亲爱的朋友，我劝你，在编稿之余，乃至在紧张工作之际，听听邓丽君吧：

Goodbye my love，我的爱人，再见。

不知哪时再相见？

我的爱，相信我，总有一天能再相见……

二〇〇二年十二月

# "任时光匆匆流去……"

朋友间说起我的业余爱好，总有人好心地说："沈公对邓丽君情有独钟。"这不是一句坏话，但也总让我有点不好意思。不是说人老了不能去听邓丽君，只不过这话在某些圈子里似乎也可暗示：此人不懂贝多芬。我听了这话所以要讪讪然，戚戚焉，也正因为我果真不懂贝多芬。

我的青少年是在上海的小铺子的柜台旁过的。所受的音乐教育，是每天十来个小时无间断地听大喇叭里播放的周璇、白光乃至沈俭安、薛筱卿……以后上了北京，天天是无休止的斗争——阶级斗争，加上为自己的生存而斗争，实在顾不上去学习欣赏什么贝多芬。有朝一日，等我有点闲时光了，彼时彼地，自然而然，听上了邓丽君，而不是贝多芬。

邓丽君妙处何在，要音乐家才能说明白。我至多只是觉得节奏熟悉并且好听而已。她的歌词，不少让我喜欢，比如"有缘相聚又何必长相欺，到无缘时分离，又何必常相忆"，"我喜欢绵绵细雨，因为我有多少美丽的回忆"……不过把这种喜爱形诸笔墨一定会让批评家笑歪嘴巴。因为古往今还，不知道有多少诗人写过有这类内容的比它精彩得多的名句。何况，这些歌词又不是邓小姐自己写的。因此，要说从文字上去关心邓小姐，那么，对邓迷来说，就只有去了解她的生平一途了。这就说到了现在这本书。

这是一本小书，远在沈阳的辽宁教育出版社出的。书名叫《美丽与孤独——和邓丽君一起走过的日子》，日本人西田裕司著，七万两千字，定价大洋七元。西田是邓在日本的经纪人，书中只写自己同邓的交往和印象，不是全面的传记。这一来，也许使这本书更有了一些可读性。因为它比较真实，朴素。这同我们预先设定的一个熠熠发光的"明星"形象不大一致，但因此也使得读者多了一份信任感。说实话，我现在读书，极怕"渲染"之作。平平常常一件事，经过生花妙笔一张扬，倒反而使人起了疑心。原因无他，在这某些方面大大超前现代化的社会里，我们实在觉得已被重重包围在一张渲染和夸饰的网里。你要做一个多少文明些的人，非得时时刻刻去考虑怎样从这中间挣脱开去。

作者想写邓丽君的美丽与孤独，实际上大多着墨在她的孤独而非美丽。书里印了几张美人玉照。美则美矣，大概很少有人为这美肯花七元钱去买这本书。也许可说，书里讲了邓的"内心美"；但此美为何，一言以蔽之，怕亦即在于孤独。市上曾流行一张邓小姐的CD，名字似乎叫"十亿人的掌声"。这么一个被上亿人欢迎的人，特点却在孤独，岂不怪哉！这不是说其人落落寡合，或者眼高于顶。从西田的描述来看，倒毋宁说她还平易近人。然而，凡人一旦成名，立即陷入一种包围，逼你从众；万一你不肯就范，还要保持个性，那么，出路只有：孤独！

邓丽君与大陆观众并无一面之缘，她同大陆孤独不孤独，固无论矣。但照我们想来，她在台湾想必处境极佳，诸事顺遂。事实相反。此人在其生命后期，简直不想回台湾长期居住。她喜欢香港，但是那里会引起她对遭破产的婚姻的悲惨回忆。一个名女人，人们当然会关注她的婚姻。偏偏在这件事上，她无法适性而为。她要想在这里保持个性——那么你就孤独；要不你就去同一个比自己小十五岁的外国男人同居。这位邓小姐的寻求孤独的极境，是她的生命的终结。可以说，此人是以身殉个性，殉孤独的。遗憾的是，著者限于叙述亲历，此处着墨不多。而在邓丽君故后，有关方面又刻意作秀，甚至要搞什么"国葬"，弄得人们眼花缭乱。想到这些，禁不起会联想起中国近现代一些大思想家关于妇女问题的言论。为省篇幅，兹不具引。有心的朋友，翻翻三联书店新近重印的聂绀弩著《蛇与塔》即知。

读了这本书，再听邓丽君，听到"任时光匆匆流去我只在乎你"，似乎更亲切了。这亲切和这"在乎"，与其说是对毕竟知之并不甚多的邓丽君小姐，毋宁说是对中国历史和现实中众多富有个性而命运蹇涩的女士们。

二○○○年三月

# "束诸高阁"

　　南海出版社要推出希尔弗斯坦（Shel Silverstein）的几种画册。多少年来，我对希尔弗斯坦很有一点入迷。当年见过一两本原文版，以后又买了台湾的中文版。但是说起来寒碜，我并不很懂这些画，乃至可以说，我这人压根儿就不懂艺术。我之所以对这些书入迷，主要不在于欣赏画，而是喜欢此公特异的观念，以及他的引人入胜的手法。

　　我特别喜欢那张《阁楼上的光》的图和它的说明，这里有点故事，得从我的生活经验说起。

　　我们上海的穷孩子，居住条件当然极差。"阁楼"是我从小羡慕的住处。我当年住的比"阁楼"还差劲许多倍，是上海话叫的"棚户"，即用木板搭成的沿街小屋。我当时极大的乐趣是，躺在破床上，从板缝里望出去，看外面车水马龙，好生热闹。外面这芸芸众生，此来彼往，人仰马翻，在追逐，在竞赛，而我一个小人儿，躲在一个小窟窿背后，在那里好笑——笑的不是当年的世道，这我还不懂；而只是高兴自己可以因此不做功课。

这种后来社会学家所津津乐道的"窥视"心态，一直延续多年。年长后，在北京编杂志，十分羡慕上海亭子间里的文化人。"亭子间"不是"阁楼"，应当说还比它较高一等，但性质类似。编杂志也者，虽然天天跟各色各样有知识的人打交道，而自己不过是个"知道分子"。我们愿意观察世界上的林林总总，而自己却不怎么说话——万一有关部门查问起来，回答的话也还多半是假话。我们的"说话"方式，就是自己不说让人家说。这与在阁楼上的"窥视"，有何异哉。

老了以后，在在处处让我懂得，自己已被"束诸高阁"，真正从内容到形式都生活在一个"阁楼"里了。但我在这个阁楼里，可以窥视到的却比过去多得多——因为我天天在网上"潜水"。我还能检索 Google，窥视过去。你真难以想象在当今条件下一个半死不活的老家伙被"束诸高阁"以后的乐趣。

我很遗憾，比我年纪大一岁的希尔弗斯坦并不懂"束诸高阁"这句中国话，他因而从没引用过。假如他知道躲在高高的阁楼里"往外偷看"的是个七八十岁的老头，并由此引起许多人生的思索，那又有多妙！

但希尔弗斯坦毕竟是个妙人，他说出来的话比我这类中国读者想得到的多得多。就以这本书的第二篇说——"多少"，照作者的说法，"面包能有多少片？看你切得是厚还是薄。一天能有多少好？看你怎么过完……"多妙！是的，一点不错，世上的幸与不幸，端在你自己的态度和作为。

我记得台湾版的希作出版后有的评论家指出，他写的东西有"禅意"。从希尔弗斯坦的经历看，似乎同禅没什么瓜葛。不过他的创作渊源要另有专家来探讨，非我辈所能胜任。在我想来，类似"禅"的一些观念，是人类的共同财富，可以从各种不同途径总结出来。我读《失落的一角》时，总有一种我这类老书商的失落感：那几张简单的图，我不也会画，那我不也发财了？！（听说此公稿费收入不菲。）可是看到最后才意识到，作者的观念，虽简单而我何尝说得出。随便认为自己什么都做得到，不就正是希尔弗斯坦指出的那"失落的一角"的心念在作怪。

希尔弗斯坦的作品我原先一直以为是画给成人看的。

后来听说那是儿童画，颇为不解。我想象中的美国儿童一直是被鼓励着去冲，去打，去时时处处 aggressive，不需要什么"一天能有多少好？看你怎么过它"的想法。但既然儿童也在看，想来是我揣测错了。不过不论如何，我总认为成人更应该看它，包括像我这类"束诸高阁"、行将就木的半废人。

二〇〇五年一月

最后的晚餐

# 题　记

　　当我以文化为职业的时候，常蒙前辈教诲。现在视之，这些言传身教，无异是耶稣在最后的晚餐时对门徒的训词。而当我以后能独立工作之际，能实行的常常只有一条：请客吃晚餐。现在把两者的若干记事合编而一，有心人不免得到一个印象：此人莫非是参加当年"最后的晚餐"的犹大？

　　也许是吧。

　　万一有些地方对不上，那也就"将错就错"了吧！

二〇〇七年七月沈昌文谨识

# 费老的最后嘱托

费孝通老人在世时，同《读书》杂志的关系十分密切，但这同我并没多少直接关系。原因很简单，最早的联系人是冯亦代老人，他和费老都是中国民主同盟的领导，经常见面，有事不必我来操心。后来，张冠生兄为费老做了很好的安排，包括多次去郑州讲演，出席《读书》在那里组织的"越秀学术讲座"。到现在为止，我牢记在心并且感到深深遗憾的只有一件事，那是费老亲自同我交代，并且再三说明一定要做好的。他当时用英文对我说这事的重要，我印象尤其深刻。

大约在一九九八年中，当年费老大概是从国家领导岗位上退下来了。某日，老人忽然约我一谈，他开门见山地对我说，现在大家都说老人要进行 physical exercise，这对老年知识人说来当然重要，可是很少人想到 mental exercise

对老年人的重要。他把 mental exercise 翻译为"思想操练"。他希望我把在北京的一部分老人组织起来，经常举行"思想操练"。我当场提了一些名字，他大多赞成。特别是李老，他们原本就熟。李老听说这消息也高兴，他们后来可能还就此说过一两次。慎之老人后来同我通过电话，觉得这可能是目前老人之间对话的最好形式。

一九九八年六月十三日，举行了第一次"思想操练"，在华北大酒店。地点是我选的，因为据说那里有不错的苏州菜——想必是费老爱吃的家乡菜。活动经费央请企业家欧阳旭先生资助。我经办这类事情从来有过于谨慎的毛病，不敢邀请传媒，更没有做什么会议记录，还是办《读书》杂志的服务日时的老作风——没有主题，没有主持，没有开始，没有结束。

可惜，饶是如此小心翼翼，第一次以后，名声还是张扬开去。出于种种原因，这个"思想操练"不得不停顿。打这以后，同费老见面机会也少了。我想再去请问，人们告我，还是不要去惊动老人家的好。

但是，费老关于 mental exercise 的恳切教导，至今常在我记忆中。现在关于这活动，只在废纸堆里找到当时的活动安排记录一纸，附印在这里。

"思想操练"活动（第一次）

（一九九八年六月十三日下午三时于华北大酒店）

莅会人士：

费孝通　李锐　蔡仲德

资中筠　陈乐民　庞朴　王蒙

龚育之　曾彦修　王若水

本次活动经费由北京国林风书店赞助。国林风书店董事长欧阳旭先生与会向各莅会人士致意。

下述单位向莅会人士赠送书刊：

《一九五七年夏季的形势》《红镜头》各一部——万圣书园赠

《牛津精选》一套拾册——辽宁教育出版社赠

《读书》杂志一九九八年第六期——《读书》赠

《地理知识》一册——《地理知识》赠

二〇〇五年七月

# 汪老的儒行

"文革"早期，我当过一个时期"造反派"。

我多年来是单位领导所宠信的人，怎么会去当"造反派"呢？这倒不全是因为自己看到形势陡变，而想投机取巧。一九六六年六月，单位里忽然有人发动了对我的猛烈攻势。六月八日，一位平时非常亲近的革命同志忽然贴出一张长篇大字报，指出我是一个阶级异己分子，又多年忠实于文化黑线，勒令我交代一切问题。紧张之余，赶紧打听情况，方知文化部里的一位部领导认为我所在这个单位的第一把手有大问题，而我是此人所宠信的，于是人们商议后想以我为突破口。可是，后来又一了解，说这位领导近来自身也难保，另有造反派想整他。于是，无奈之余，我立即贴出大字报，支持这个造反派，并申请加入。这一个小动作，让我免于眼前的巨大灾厄，有了一些安稳日子可过。

这个造反派中大多是新来的大学生。我加入后，他们给我指派一个任务：帮助他们去抄家。我又不是彪形大汉，抄家时又可以干些什么呢？他们有一想法，抄走资派家里的书，什么要没收，什么留下，由我鉴别。这事倒不难，因为"毒草"大多有名单，成问题的作者也往往有名单，大体上办一下，即可。

干了这事，得到一个意外的好处是：认识不少处理抄家图书的人物。他们有的原本出身书业，说起来也还都熟，于是成了朋友。闲下来时，彼此还常常聊聊书。特别在后期，还能找东寻西地找点古怪的书回家去闲读。到了后来，老干部大多"解放"，我这个副业变得有点小名气了。喜欢书的老干部往往找上门来，托我到那些堆放抄来的旧书的地方去找什么什么他们必需的书。

就这样认识了老干部汪道涵。他在机械工业部，同我从来不搭界。别人介绍，我去东城汪芝麻胡同他的宅邸专门拜访。谈话的主题，当然是书。他"解放"后又有了一个小孩子，我去时还抱在手里，老先生总是一边逗孩子一边同我谈书。

汪老是机械工业部的，我以为他不会喜欢什么文科的书。事实不然，老先生不仅谙于文事，而且开口就是洋文和古文，指名道姓要看某某英文书和中文老书。有一天谈得高兴，他大讲莎士比亚，某剧某剧，某某人物，倒背如流。我只记得谈到 to be or not to be 时，我还算懂得，也知出处，插了几句嘴，别的就茫然了。他表示遗憾，现在家里连莎翁的原作都找不到了。老人这一心情，使我马上去雍和宫附近堆放抄家物资的地方找朋友，把好话说尽，想找一本莎翁原作。屡经翻腾，总算找到一本英文版全集，付书价大洋一元，于是连夜送到汪宅。这一来，汪老甭提多高兴了，又同我说了半天。因为白天我对 to be or not to be 接了嘴，这次他大谈中国和欧美学者的生死观。我实在想不到，一个革命多年的老干部，会那么钟情莎士比亚的原作，懂得那么多西方哲学观念。

以后，汪老去了上海，当上了更高的官，我自然是难以见到他了。但是，大概在九十年代，上海淮海路六百多号的一个地方要开三联书店门市部，要找领导人剪彩。大家正在无奈之时，我说，同书有关的事让我这北京来的人去找汪老多半会卖面子。果不其然。我找他秘书一说，汪老立刻同意到会剪彩并讲话。这对我这个出版社的小商人来说是多大的面子！但我知道，他这面子不是给某人，而是给书的。

汪老去世，人们痛惜一位"儒者"的离去。我虽然已多年不见这位老人，但是对他的儒行，我一直是印象极深的。

# 柯灵老人与《万象》

　　我虽然在上海长大，却不大熟悉《万象》。"孤岛"时期我还小，而且出身贫寒，周围没有懂得文化的人，因而从不知《万象》其名。抗战胜利后，有一次帮助人家打扫屋子，找到一些破旧的《万象》，似懂非懂地读了一些。以后，常常帮在上海的地下党员做勤杂工，为他们买书报，才开始较多知道这个杂志，但那时《万象》似乎已经不出了。

　　上世纪八九十年代自己编了杂志，老《万象》的主编柯灵老人成了我的作者。每次去上海，总要拜见他。同时还认识了柯老的太太——翻译家陈国容老人家。我很喜欢柯老的文章：思想犀利而行文平和，又因对傅雷评张爱玲的文章感兴趣，于是设法把老《万象》找来细读。对这刊物到这时才算读懂。每次编自己的杂志要退掉什么好看的稿件时，总会想到：要是编的是《万象》，这稿子也许就用得上去了。但因刊物性质不同，也就无法如愿。

一九九六年奉命退休，也还能做事，于是想到请准柯老重办《万象》。柯老当然满口应承，可是我进行得并不顺利。那年九月我写信给柯老：

我退休后，颇思"蠢动"，包括恢复《万象》。但是挣扎数月，一事无成。不但上面不给刊号，而且旧识前友，亦有人乘机"告状"。悟及自己已"恶贯满盈"，遂不复活动。七月去美国探亲，九月刚回。归来后，坐卧小楼，看云听雨，临池遣日，如斯而已。

在美国遇李欧梵教授，极赞《万象》，称它是"亦今亦古，亦中亦西，亦雅亦俗"，竭力主张复刊。然此事费力太多，耗资亦大，只是筹议而已。

现在治疗目疾，约需半年。此后或将来沪一行，届时当再请益。

料不到，到了一九九八年"届时请益"之际，却把这事办成功了。原因是，柯灵老人不断促成、鼓励，而远在东北的俞晓群先生对这刊物怀有极大兴趣，设法弄到了刊号。辽宁的主政人物王充闾先生不仅支持，而且允予列名顾问。北京的"出版大佬"陈原先生更一再督办。于是，一个老海派刊物，居然在万里外的沈阳复刊。这时我已彻底"退出历史舞台"，编不了这刊物。想来想去，觉得最好是到上海请上海人编。这任务落到了年轻的"老上海"安迪君身上。到现在，出到第六个年头了，应当说声誉日隆。

出刊初期，还常常就办刊事宜向柯老请益。以后，柯老谢世。按理，刊物顾问名单上柯老之名应加黑框。可是几期下来，安迪君竟毫无动作。此君精于编事，不应有此疏忽，莫非忙于恋爱，无暇及此？某日，按捺不住，去电话询问，不料安君正色告我：在他看来，柯老与这刊物永远同在，不存在去世与否的问题。加黑框自是多事。

我闻讯，只有一个答复：这主张实在是"高"。于是唯唯而退，欣然挂机。

现在见到每期样本，总觉得安迪老弟的确是高，柯老的确与《万象》永远同在。

二〇〇四年六月

# 荒芜的"荒芜"

我不认识李荒芜先生。只记得在自学英语时，读过他译的马尔兹小说，自然十分佩服。却料不到，到了《读书》杂志，首先遇到的一个麻烦是处理荒芜先生的稿件。

荒芜发表了一些旧体诗在《读书》一九七九年第五期，总题"有赠"，共十几首，分别为写给茅盾、朱光潜、俞平伯、姚雪垠、艾青和马尔兹、乔·劳生等人的赠诗，最后一首《赠自己》。这最后一首，下文时常要谈到，全文引出如下：

> 羞赋《凌云》与《子虚》，闲来安步胜华车。
>
> 三生有幸能耽酒，一着骄人不读书。
>
> 醉里欣看天远大，世间难得老空疏。
>
> 可怜晁错临东市，朱色朝衣尚未除。

发表这几首诗作时我还没到编辑部。可是到一九八〇年三四月间到编辑部后不久，某天赫然收到本单位领导转来的上级单位的笔杆子写的一篇批评文章。这篇文章已在一个给高级领导看的内部刊物上发表过，现在要求在《读书》杂志重刊。文章开首就批评上面引的这首诗，说诗中说的，"或苦闷，或郁结，或不满，或有恨，或发思，或寄情，表明现实中有解不脱的矛盾，填不了的不平。诗人虽写明此诗《赠自己》，但又想到发表，说明还是不甘寂寞"，"荒芜不过是拈封建士大夫阶层失意文人的笔触来刺中国人民生活着的社会主义'现实'罢了。他不愿意为这个'现实'说好话，即所谓的歌功颂德；他不愿意与这个'现实'同流，即所谓的耽酒避世和遁空拔世；他更不愿意为官作仕了，红色的官服还没有脱下来（朱色朝衣尚未除）就丢了脑袋，何苦来"。

二十多年后，我们不大容易读到这类高明的文字，所以不嫌词繁，再引一段："也许诗人要反驳说，我这诗是在一九七六年五月写的，是针对'四人帮'那个时候的。这当然是巧妙的。但是我们要说把这首诗仍然作为《赠自己》在一九七九年八月登载出来，不是表明这首诗对荒芜仍然有用，荒芜仍然要照着它看待现在的世事，照着它实行吗？"

问题是够严重的。作者在高级领导机关工作，稿又通过组织系统交下来，照传统的理解，这是上级领导对我们的重大关怀，帮助我们纠正错误，似乎非发不可。但在内部讨论时，平时沉默寡言的副主编倪子明先生却写一长长的书面反对意见，其中指出："荒芜《赠自己》，明明是对'四人帮'统治的愤慨之词，为什么要说它是影射现实呢？如果说'迎来人民的春天已经三个年头'就不准再发表针对'四人帮'的作品，那么一切揭露'四人帮'黑暗统治的作品岂不都应该扔进垃圾堆去吗？诗无达诂，最易引起误解，因此也容易罗织人罪。那位理论权威最擅长此道，这是大家都知道的事。我以为摘人几句诗来搞探幽索隐，此风不可长。"

全案最后送主编陈原先生审决。陈只对我说了一句话："我们的性格，应当是容许发表各种不同意见，但不容许打棍子。此文不是争鸣，而是棍子。怎么办，你去定吧。"这一句话把我点透，于是赶紧退稿了事。

据说荒芜先生自己还是见到了在内部刊物发表的批评。

他写过一篇答辩文章《说诗存照》，当地当然发不了，据说发在香港出版的《开卷》上。他一九九五年八十岁高龄逝世以后，有人在悼念文章中说，他见那篇来头很大的批评文章后一直心情抑郁，对这批评不能释怀，以致荒芜先生晚年的著译确实全都"荒芜"了。

我很遗憾的是，虽然当年没有发表对荒芜的荒唐批评，但我以后再也没有去找过荒芜先生，鼓励他写新作；甚至以后连旧体诗都不大敢发，只怕惹事。荒芜晚年的"荒芜"，应当说，吾辈与有罪焉！但不论如何，在一些长辈的坚持下，毕竟拒绝发表一篇上级领导交发的文章，这是我编辑生涯中的第一次，也是在长辈教育下的第一堂课。

二〇〇四年八月

# 关于《中国人学英语》

偶然知道董桥兄在港报专栏中盛赞《万象》第十一期上的一篇文章:《第二只布谷》。董兄打听作者"大年"是谁,柳叶兄告他是吕叔湘先生的公子吕大年。这当然错了,吕大年实是吕老的外孙。柳兄发现这错误后,首先用电邮告我并表歉意。前日,柳兄又传来董作《替我找个语文老师》,让我一开眼界。

董兄曾特别提到吕老的大著《中国人学英文》,此书我特别有感情。盖一九四八、一九四九年前后,我作为上海滩上一个失学的青年,一心想自学英语。起先读了《纳氏文法》,又跟一位和先生学了一阵做 waiter 用的英语口语,总觉不得门径。后来读了两本书,才稍稍知道什么是英语。一本就是吕老的《中国人学英文》。另一本是葛传椝先生的《怎样读通英文》。

读吕著,除了把自己学到的散乱知识稍稍理顺外,主要是知道英语究竟有些什么特点，它同中文的异同。葛著深些，我学起来挺费劲，但也收获不少。例如，我至今记得葛教授说，有的英语书你读不懂，不是语言不行，而是你的智力及文化根底跟不上作者。这使我恍然大悟，知道光学语言还不行。

一辈子没见过葛教授。知道他是个传奇式的人物，上海英语界无人不知，但我这上海的小学徒如何能见得到他。到了北京，到八十年代后，因编《读书》杂志，同吕老倒是常见了。

吕老听说我自学他的《中国人学英文》的过程，以及曾经照王宗炎教授的推荐对读吕译《伊坦·弗洛美》的情况后，顿时同我熟了起来。其实我当时向他请教英语译事不多，主要是为三联书店和《读书》杂志向他约稿。八十年代中，他几乎每月要给我一信或打一电话，告我读当月《读书》后的意见，主要是批评我工作中的缺点。但当我因种种原因而情绪沮丧时，他又总是勉慰我，劝我振作。我从他身上体会到老一辈知识分子对《读书》杂志的关心。遗憾的是，当时实在太"功利"，一心只从老先生那里找稿源，谈闲事太少。但尽管这样，他工工整整地写给我的几十封信，实在是我一生编辑出版工作的大收获。

退休后，想做的第一件事是帮吕老出一全集。向老先生请示后，他欣然同意。于是，又同辽宁教育出版社俞晓群兄联系，他也竭力支持。这事做了七八年，现在十九卷《吕叔湘全集》总算问世，千余万字，算是一个大工程了。这多少年，因工作需要，可说是遍读吕著，但自己在语言学上并无寸进，只是毕竟真正体会到了老先生治学的谨严。遗憾的是，我们编印《吕叔湘全集》还缺少吕老的谨严，印出以后发现还有些毛病，正在修补。

以董桥兄的博学，自然不必再读《中国人学英文》。但他既然说"至今买不到"，我马上从手边《吕叔湘全集》的样书中抽出第十四卷寄去，向他报告目前做过的这件工作。《中国人学英文》在五十年代后改名为《中国人学英语》，现在将它同吕编《中诗英译比录》《英译唐人绝句百首》合印一册，是为第十四卷。

希望此文刊出时，董兄已收到我寄去的书，于是我又能见到他文采斐然的信了。

二○○四年四月

# 路是这么走过来的

　　吕叔湘先生谢世已有一段时间。吕老生前，我已受命在编他的全集，几年下来，直至目前，十九卷皇皇巨著还没全部付印。想想吕老多年来对我的教育和帮助，我对自己的拖拉真是惭愧万分。尤其是最近因编吕老的书信，顺便把他多年给我的信件清理一过。整个新春佳节，到处喜气洋洋，而我却因读了几十封吕老给我的旧信，心情沉重，思绪万千。

　　我像现在很多年轻编辑一样，当初是为了组稿去见著名语言学家吕叔湘先生的。比较特别的是，我自幼失学，读书多半是在商店柜台下边做的功夫。由于是自学，对吕老不少深入浅出的著作便觉得特别亲切。所以见到吕老之前，我早已是他的一些通俗论著的最忠诚的读者之一了。这自然容易谈得"入港"。后来，吕老知道我又兼差编《读书》，那就谈得更亲切了。

吕老对《读书》的关怀，除了面谈外，还在一个时期里差不多每月都写一篇对《读书》杂志的读后意见给我。信中主要是指出错谬。我真佩服老先生的认真。他鉴别错字的能力，比我这多年校对员出身的人还强。正是在他的推动下，我们的编校工作才逐步走上正轨。

但是，最让我们受益的，是吕老对《读书》的编辑方针的指点。

一九八六年中，考虑到不少有学养的老专家对《读书》有意见，我们专门组织了一些座谈，听听老作者、老读者的意见。吕老为此，不仅赴会，在会上谨严地读了他准备好的发言，之后，他又专门给我写信，找我谈话。吕老的意见，从具体文章谈起，主要是讨论《读书》应当怎样来编。幸而我手边还保留着吕老当时的一些来信和发言提纲，允许我做些摘引。

吕老说："编《读书》这样的刊物，要脑子里有一个 general reader（翻成'一般读者'有点词不达意，应是'有相当文化修养的一般读者'）。要坚持两条原则：一、不把料器当玉器，更不能把鱼眼当珠子；二、不拿十亿人的共同语言开玩笑。否则就会走上'同人刊物'的路子。同人刊物也要一家之言嘛。但是，不能代替为'一般读者'服务的刊物。而况《读书》已经取得这样的地位。"

这个宗旨，原本就是《读书》创办人陈翰伯、陈原二老当年反复对我交代过的意思，现在吕老说得更加明确、透彻了。为什么需要反复强调这一点呢？这是因为，当时学术界产生了不少新理论、新主张，还有一些新的文章作法。我曾就此事请教过吕老，他在同一封信中专门就此说道："新不一定就不好，但也不一定就好。新有两种：计算机越新越好，时装也是越新越好，但是计算机不会从集成线路返回到电子管，而时装却会反反复复（就拿留胡子这件事说，马克思、恩格斯时代流行大胡子，二十世纪前期流行光下巴，现在又有回到大胡子的趋势）。"

他接着又发挥："比新不新更重要的是货色真不真。但是辨别货色真不真要有点经验，而认识新不新则毫不费力。因此不知不觉就以新为真了（当然，也有人认为凡新都假）。"

吕老又在另一封信中说："我想，不同年龄的读者对题材的兴趣可能有不同的倾向（其实也不尽然，在年轻人中爱好古典文史的也大有人在），至于在质量高低、文学优劣的鉴别上，顶多有些小出入，不会大相径庭。如果有一'代沟'观念横在脑中，那就在稿件的取舍上难免会出现偏颇。"

除了所谓"代沟"问题外，吕老又在另一处谈到产生这种情况的一个根源：《读书》有《读书》的风格，这就不容易。很多杂志没有自己的风格。什么是《读书》的风格？正面说不好，可以从反面说，就是'不庸俗'。""可是这'不庸俗'要自然形成，不可立志求'不庸俗'。那样就会'矜持'，就会刻意求工，求高，求深，就会流于晦涩，让人看不懂。"

我当时看了这些话简直是目瞪口呆。因为这里说的，正是我思想深处的疙瘩。我在《读书》创办一年后才从老人手里接过这刊物，年轻好胜，自然会处处要求"立新"。但是，如何"新"法，却少考虑。"新"是必要的，但要从根本功夫做起，不如此，就极容易走到吕老最后说的"矜持"和"刻意"的路上去。文化之事，一旦走到这条路上，便容易令人生厌了。

打这几封信和座谈以后，吕老又多次找我谈。一九八六年七月五日，我在给编委们的信中这样说："吕先生对《读书》真是爱之切，责之严。他多次对我郑重其事地说，'怎么你们还没改进？'最后一次说，'我都不能给你们写文章了，看你们的劲头，我的文章你们不会要的！'听了令人难受。""我真害怕见这位始终和颜悦色的老人。他总是用自己的榜样鞭策你认真做好编辑、出版工作，可是我发现这几年来我们总是辜负他的期望。""这一次是否又令老人失望，我不敢说。正在努力之中。"

我和编辑部同仁以后的努力，效果如何，犹待评说。但不论如何我们就在这样一些老作者、老读者善意的催迫、说服、示范之下，一步步走了过来。有一点可以告慰的是，打这以后，吕老给《读书》的文章又多起来了。以后他索性开了个专栏，这就是他晚年以"未晚斋"命名的一系列文章。等我"告老还乡"以后，有青年编辑同我讨论编务，我还总是拿"未晚斋"的文章以及我过去看过的一些旧杂志，用来作为示范，说明自己立意追求而总难达成的目标。

转眼之间，《读书》已经办了二十年了。早年的路，大致就是这么走过来的。一个小刊物在那么多老人的呵护下，才有今日。一个刊物，如果它是成功的话，多半是在众多作者、读者的呵护、关切下成长，因此，严格地说，它应当已经有点像是"公产"，而非纯然的"私见"了。

一九九九年十月

# 读出真正的金克木来

金克木老人去世好几年了。不少有成就的学人认为，老人之中，学问和文章堪称一流的，钱锺书之后，首选似乎只能是金先生。金先生作古，不少人又兴起中国文化何以为继之叹。这自然是过虑，但也不能不说明金老在中国文化上的地位。

三联书店有幸，可以说是在改革开放以后的二十来年里，同金老联系最早、最多，推出他的著述最早、最多的一个文化单位。记得《读书》创刊未久，大概是在冯亦代老人的指点下，我们去找金老约稿。当时有一位老人就提醒大家，金老虽和蔼，约稿却是极少应允的，去了多半会碰壁。不料时移世转，在改革开放的大形势下，金先生不但答应为《读书》写稿，而且似乎一发而不可收拾，来稿源源不绝。这叫我们大家都喜出望外。《读书》在当年的环境里之办得成功，可以举得出十来个标志，其中之一，怕就是请金先生等老人出山。八十年代中国文化界了了不起，之令人缅怀，首先就正在于一大批积学的文化人在这中国文化侥幸新生的环境中，"起死还生"了。我辈生而有幸，正是首先在这一辈"起死还生"的文化人的扶持下成长起来的。

等金先生在文化学术上"起死回生"时，他已经六十多岁了。记得当年我们每次去见金先生，他总要开玩笑说，我们这次见面多半是最后一面，要寄给你们的稿件也大概是最后一篇了。可是，这话以后，他一次寄来的稿件可能不止一篇，而是三篇。"起死回生"的氛围给这些老人带来如何的喜悦可想而知，然而，那恁多年中国文化的"死寂"，又给他们带来何等的心理压力，这也是时时可以估摸得到的。

金先生像许多老人一样，晚年喜谈往事，爱写回忆。三联书店一恢复建制，要出书，当然首先求助于金老。他陆续交来一些回忆文字。可能是正因为他的这些稿件的缘故，三联书店才开创了一套小开本、白封面的名人回忆杂录。我们知道，金先生有非常奇特的经历。他没有辉煌的学历，但后来当了最著名大学的著名教授。他读书极多，而据说自己从不藏书。他自然对中国社会有深刻的批判见解，却极少正面形诸笔墨。他是浪漫的诗人，又是严肃的学者……凡此种种"吊诡"，我们倒只有通过读他的回忆，才能了解一二，有时读后可能突然产生一个快感：原来如此！到这时你往往能想起一句简单的英语：You are your experience！

读回忆文章的况味，不必多说，几乎谁都有过。但是读金克木的回忆，却又有不同。他把自己的回忆称作"小说"，把回忆写得"真中有假，假中有真"。到了晚年，这一写作特点越发突出。三联书店出的《孔乙己外传》，以及其前的《旧巢痕：评点本》，可说发展到了顶点。《孔乙己外传》是从八十年代那本《难忘的影子》演化过来的，然而前者显然比后者大大发展了。在这里，推敲回忆文章要不要"真中有假，假中有真"已经完全没有意义，金老本来没有说写的是传统意义上的"回忆录"。他在最后这本著述里，不只"真中有假，假中有真"，而且让死人复活，给古人穿西服、讲洋话。看到这里，你会莞尔一笑：原来金老晚年，居然写起游戏文章，或者玩起什么"后……"来。

此老毕竟与时俱进！

但是仔细看去，这想法似乎又离金老的原意甚远。这就好像我们过去每次去见他，听他高论一番，当时似乎都了解了，回来一咂摸，似乎有些话里还有深意。我隐隐然有一个感觉：金老的"真中有假，假中有真"，很可能离他个人的经历有时稍远，可是离社会的真实应当更近。他的"真""假"，实在都有其深意存焉。他不只是在写个人，尤其在写社会。由于语言环境，由于个人写作特色，他把个人同社会密切结合在一起，于是形成一种诡异的文体。想到这里，我觉得说"you are your experience"其实是不够的。只有把个人的 experience 同时代、社会结合在一起，才能说明这个 you are。从这意义上说，金老的"真中有假，假中有真"，才是本真的"真"。这样去读《孔乙己外传》等书，也许可以读出一个真正的金克木乃至一个真正的社会来。

二〇〇〇年十月

# 清晨的一个电话

一九九三年初，某天清晨五六点钟光景，我还没起床，忽然接到许国璋教授一个电话。他用非常恳切的语调对我说："我看你这人办出版社多年，总是不谈经济，只说文化，这么下去过得下日子吗？"然后，用非常郑重的口气说："昌文，我干了这么多年了，深深体会到，没钱是干不成文化事业的！"我听了这话，为之愕然，半晌应不出话来。我实在没想到，许先生为我们的工作，考虑得那么深。说实话，市场经济一冒头，就把我这个在计划经济体制下造就的所谓"出版家"弄得晕头转向。要知道，我当出版社领导，拿手的一招是控制印数，就是说，估计某书上面会不喜欢，就尽量控制印数，缩小影响，别的书，也从来没有考虑过所谓销售问题。

五十年代就听说许先生大名，到认识他，已是八十年代初了。《读书》杂志一九七九年创刊，办了两三年后，面目日益凸现，就要征求著作界的意见，扩大作者队伍了。这时，我毛遂自荐，去见许先生。我记得很清楚，先是通信，然后拜访。拜访时，正是严冬，许先生谈得高兴，一定要我一起到附近一家饭馆里去吃晚餐——记得好像是涮羊肉。于是，又畅谈了两三个小时，对我来说，这是促进我办好《读书》杂志的一次极其重要的活动，我于是才稍稍认识到自己在做的事的意义。

许先生精于西学，对于如何办好《读书》，多举外国有关杂志为例。他当时举的大约是《纽约书评》，促使我办成那样一种风格、特征。说实话，以我的英语，至今还不能顺畅读完《纽约书评》上的长文，至多只是仿佛会其大意而已。但是，从他的介绍中，我稍稍懂得为知识人办刊物是怎么回事。许先生当然说了许多，我比较听得进、记得牢的是关于知识人的批判精神，也就是说要重视知识人的骨气。以后，无论中外朋友面前，他提起《读书》，总是说："这是中国的《纽约书评》。"我知道，这只是为了特别向外国人说明刊物的特色，用了对方自己的事例，并不一定把这两个刊物等同起来。但是许先生那些激动的话，是我永远不能忘怀的。

许先生的为学特色，不是我辈编书匠所能说得明白的，但从我同他的交往中，却直觉地感到，他尽管精英语，通西学，却不是一个单纯崇拜西方的学者。他更多的是强调"中国特色"。我们这方面的讨论，大多是从谈翻译开始的。他非常鄙夷那些只会在形式上原样照搬的译文，主张翻译要融会贯通。他说过，这不单是中外文水平问题，更是一个是否仅仅拜倒在原作前面的问题。据说早年英译《圣经》，便是主张一个个词对译，不敢越雷池一步。他批评我们有些经典著作的译文，颇有此病。由这谈开去，他常常劝我，看西文的东西，要有自己的选择、态度、观点。《读书》每出一期，他见面总要笑着对我说，这里某文照搬西方某人某说真是太厉害了，实际上是一种亲切的批评。

许先生那天一大清早说的话自然打动我的心，我赶快向他进言，希望他帮我策划一些能赚钱的书。他说当天就要出国了，来不及谈，以后再说吧。

许先生从国外归来，我已快要退休，但仍忙不迭地陪同要接任的董秀玉女士，一起去见许老。许老也真尽心，专门找一场合，办了宴会，介绍董、我和学院有关领导见面。我到即将退出出版舞台之际，才稍稍懂得在市场经济之下出版工作的做法，当然动作还是很慢，等到我们内部安排停当，再找许老，他已精神很不济了。我这时，没法多说，只能就一件事向他请教：打算出版一套香港的英语参考书，请他写序。他起初答应写，后来在电话里说，写不动了，请你代笔吧。我把他说过的关于学英语的思路整理一下，同他通了电话，最后写成一篇短序。等我派人送去，许老已经不能见客，以后只由许师母托人告我，同意刊用。

十几年来，同许国璋先生交往并不多，也不深。他有时也笑着对我说，同"商务"比起来，我对你们"三联"没做什么！是的，由于我的后知后觉，我总是想不到请许先生出面为"三联"主持一些大的出版活动，而只是小打小闹，只听他同我聊天，满足我个人的精神需求。等我稍有觉悟——还是在许先生提醒之后，为时已晚。现在许先生成了古人，我自己也退出了出版舞台，已无法以行动来弥补这些缺失，只能形诸笔墨，写些不像样的回忆了。

二○○五年七月

# 陈翰伯的一个意见

我这类久居上海的宁波帮，从小就喜欢非议苏州人的"糯"，认为不如宁波人的"刮辣松脆"。但自从二十多年前同陈翰伯先生打交道后，我完全改变了想法。

上世纪四十年代，我就知道有个很进步的国际问题评论家叫梅碧华，后来才知道这就是身材魁伟的陈翰伯。他在一九四九年后主编《学习》杂志，这是我们这一代人主要的精神食粮。六十年代后他主持商务印书馆，以"崇洋"著称。"文革"中，他当然是出版系统的大"走资派"，而在后期，他又被点名为"复辟干将"。一位高级的领导人在七十年代初义愤填膺地告诉我们：此人一贯"右倾"。可以想见此语当时的分量。

到八十年代初，我有幸在他领导下编杂志。刚到编辑部不久，便见到他的一个亲笔意见，文如下：

这里无甚高论，仅供改进文风参考。

一、废除空话、大话、假话、套话。

二、不要穿靴、戴帽。

说明：戴帽指文章第一段必须说上"自从粉碎'四人帮'以来如何……"。穿靴指文章最末一段必须说上"为什么什么而奋斗""……而贡献力量"。当然这不是说不要宣传党的中心任务，而是要把这个精神贯彻到全文中去。

三、不要用"伟大领袖和导师毛主席"，不要用"敬爱的周总理""敬爱的朱委员长"，不要用"英明的领袖华主席"。

四、有时用"毛主席"，有时用"毛泽东同志"。注释一律用"毛泽东"。

五、制作大小标题要下点工夫。不要用"友谊传千里""千里传友情"之类的看不出内容的标题。

六、引文不要太多。只在最必要时使用引文。有时可用作者自己的语言概括式地叙述。

七、尽量不用"我们知道""我们认为"之类的话头，有时可用少量第一人称。

八、可以引用当代人的文章，并注明出处。此类注释可以和有关经典作家的注释依次排列。

九、署名要像个署名，真名、笔名都可以。不要用"四人帮"横行期令人讨厌的谐音式署名。不要用长而又长的机关署名。不要用"大批判组""理论组"。不要用"XXXX编写组"。

十、行文中说"一二人"可以，"十一二人""一二百人"也还可以。但千万不要说"一两万人"这一类空话。

十一、不要在目录上搞"梁山泊英雄排座次"。

这十一条，现在看来似乎稀松平常，可在七十年代后期，却是了不起的大事，应当说条条都是针对"文革"中盛行一时的风气而言。例如第八条，在当年，如果注释的上一条是陈布雷的文字，下一条引了毛泽东，两条注文出处（仅仅是出处）先后并列，这就可以被人上纲为混淆敌我，立场错误（尽管在内文的叙述中敌我立场是很鲜明的）。可以说，这也是《读书》杂志转变当时文风时尚的第一个文件。

我那时向这位领导报到时，他对我说的第一句话便是：从今以后，我点头的事你就做，我摇头的事你决不能做。我倒抽一口冷气，心想：我们也算是熟人，何必如此生硬。后来知道，这位苏州汉子，不仅长得像北方大汉，而且性格比北方人还爽朗。在他领导下编了几年杂志，一直是很痛快的。

　　近年读到苏州姑娘林昭的材料，更加大吃一惊。这样刚烈的女性，哪是我想象中的苏州小姐。这是后话，以后再说吧！

二〇〇五年二月

# 编辑与"好事"

　　退休赋闲，得读杂书。郑板桥的诗作，素所敬仰，偶然找到一本，便自吟哦起来。读未久，诗作倒还没怎么打动我，板桥先生无意中的一句闲话，却使我思索良久。

　　这是他写的诗序中的话：

　　　　余诗格卑卑七律尤多放翁习气二三知己屡诟病之好事者又促余付梓自度后来亦未必能进姑以谀而背直惭愧汗下如何可言板桥自题（原作无标点，仍之）。

　　这里引起我注意的，是作者称那些要他把作品付梓的人为"好事者"一语。我做编辑、出版工作近五十年，一辈子忙的，都是"促人付梓"。可是，在多少年里，我却极少意识到自己本应是一个"好事者"。就我的本性和训练说，也许正好相反，实际上是一个"怕事者"——"好事者"的反面。在改革开放之后，自己主要在《读书》编务工作任内，才略略有点"好事"，但却没意识到，"好事"之于编辑，原是一个优秀传统。熟谙古籍的人一定知道，除了郑板桥，称"促付梓"的人为"好事者"的，不乏其人。

谈到《读书》，它是怎样使我从"怕事"到多少有点"好事"，有不少故事可说。《读书》创办人是陈翰伯、陈原二老，我在他们领导之下，勉勉强强，跟前跟后，好歹有点"好事"的样子。这方面的故事，时或想得到一两则，或可一供卖弄。

创办《读书》，我未躬逢其盛。因此，《读书》杂志创办人的第一件"好事"盛举——发表《读书无禁区》宏文，我并未与役。但是，待《读书》创办未及一年我去任职时，却几乎天天要同这一件事打交道。这时才发现，一个杂志要有影响，非得有"好事"之心不可。七十年代末文化界的大事之一是无书可读，原因自然是"文革"之中"禁区"重重。原本应当"好事"的编辑，这时却大多噤若寒蝉。《读书无禁区》此说一出，真是振聋发聩。说实话，杂志创刊时我作为读者读到此文，也不禁吓了一跳。等到自己亲自参加刊物编务，同方方面面的人多些接触，才知道它真正的分量。

再接下去一件有关的"好事"之举，却是我始终其事的了。陈翰伯同志听到关于《读书》的种种反响后，作为创办人，觉得有必要亲自为文说明立场。当一九八一年四月号出刊时，他写了一篇《两周年告读者》。为了慎重起见，他在写出初稿前后，把我找去好几次。

我在"文革"前没同此老同事过。"文革"后期，在一个会上，正式听一位地位很高的领导宣布，陈翰伯其人"一贯'右倾'"，在"批林批孔"中"群众"对他的批斗纯属正当。"右倾"而又"一贯"，其罪可知。现在要在他领导下做事、为文，我心里想得很多。在这心情下，我读他的大作初稿。

陈老此文，一九八一年发表，十多年后，又刊入中国出版工作者协会编的《陈翰伯出版文集》。书前有《新闻出版报》和出版科学研究所署名的序言，说明其中的文章"在总体上，不失为一笔反映我国出版历史进程的宝贵财富和研究当代出版事业的可贵资料"。由此可见，这是一篇经得起历史考验的宏文，值得认真看待。但在当时，我边读边想，十足是一个思想斗争的过程。

《两周年告读者》起首开宗明义提示，《读书》有四个特点，第一就是：

> 不怕顶头逆风，不信邪门歪道，解放思想的旗帜始终鲜明，不含糊，不吞吐，我们（指读者）正想说的话，被你们说出来了。

我读了这些，再想想"无禁区"一文我经历的前前后后，思想豁然开朗。我意识到，一个编辑、出版的新时代开始了。此前，包括我一九四九年在大学里学到的新闻学的知识，从这里开始，都有必要重新考虑了。

翰伯同志用十分自信的口气同我说今后要怎么办。他后来在文章中写道：

> 粗暴，发脾气（姑且不说打棍子），不行；害软骨病、无原则迁就、不敢批评，也不行。

我记得很清楚，议到这里，我特别向他报告了《读书无禁区》一文发表后的反应。我说，反响太厉害，似乎有的反响来自很有影响的人，我怕自己扛不住。他听后，沉吟不语。以后，他交来的定稿中却赫然加上这么一段话：

> 我们重申我们赞成"读书无禁区"的主张。在我们的当代史中，人人尽知，确实发生过史无前例的禁书狂飙。"四人帮"垮台后，风沙虽然已过，不敢重开书禁的还大有人在。当时我们针对时弊，喊出"读书无禁区"，深受读者欢迎，我们非常感激。尽人皆知，谁也没有不加分析地提倡"开卷有益"，胡乱读书。何况在《读书无禁区》一文中，作者早已说过："对于书籍的编辑、翻译、出版、发行和阅读，一定要加强党的领导，加强马克思主义的阵地。对于那种玷污人类尊严，败坏社会风气，毒害青少年身心的书籍，必须严加取缔。因为这类图书根本不是文化。它极其肮脏，正如鲁迅所说，好像粪便或鼻涕。"我们引此长段，在于说明最初一文已把话说在前头；大可不必草木皆兵、杞人忧天。就此问题，本刊曾发表过不同意见，今后我们对一些读者关心的问题仍然打算这么办。

现在，事情再回过头看看，翰伯同志"好事"之举，做得完全正确。我也正是在当年这些老前辈的带领之下，才逐步把脚跟从"怕事"移到"好事"上来。

编辑之"好事"，据我领会那些老同志的做法，绝不是要蛮干。他们都有严格的分寸和范围。上面陈老谈论"读书无禁区"的议论里，这一点表达得很清楚。翰伯同志在这文章之后，同我谈的，就大多是批评坏书，他自己也专门写了书评。但是，不论如何，对于那种羞辱性的沉寂，该说的不说，他总是反对的。有人曾讥议说我们在《读书》所做的是"打擦边球"。我反复思忖，即使是"打擦边球"，又有何不好？它先天地承认存在一个"边"，没有要越出这个"边"。如果"好事""好"到了去打"越界球"，一打球就非 outside 不可，那才是糟糕！

四十多年前读新闻系时记得有人批评过胡适的一个"谬论"：过于老实的人不能当新闻工作者。假如把"过于老实"理解为不肯"好事"，征之我在《读书》的经历，倒觉得胡适的主张并非没有道理。

《读书》二十周年，偶拾旧卷，想到这么一些零星的故事，写出来，只供识者一噱！

# 陈原的编辑活动

　　要是有个年轻人在图书馆的作者目录中查到"陈原"项下，难免感到困惑：一个人何以能写出这么些门类各异的著作。大量的是地理著作：《中国地理基础教程》《现代世界地理之话》《世界地理基础》《世界政治地理讲话》……此外不乏国际问题论著：《战后美国经济剖视》《战后新世界》《变革中的东方》……两本与地理、国际看来全然无关的语言学著作：《语言与社会生活》《社会语言学》。居然还有《英语常用词汇》《外国语文学习指南》等纯粹实用的图书。好几本散文、随笔：《平民世纪的开拓者》《书林漫步》《书林漫步续编》《海外游踪与随想》……不要以为这个目录可以就此结束，这里至少还漏掉了他的全部翻译作品：谢德林、斯各特、赫赛等人的小说，柴可夫斯基的回忆录，甚至还有一本《苏联歌曲集》……更详尽的目录，包括他用笔名发表的译著，各种论文，外文作品，那只能靠"联机检索"（online searching）来提供了。

英国作家威尔斯近八十岁时曾自豪地说："在那宏伟的文物圣殿大英博物馆阅览室的目录里，可以找到在'威尔斯'名下的著作达六百种。"这里不想把陈原同威尔斯相比。陈原的作品数量到不到六百种，我们说不清，中国的图书馆还没有可能为中国作家提供详尽的资料。好歹他还没到八十岁，就假定还比不上威尔斯吧，但是要知道，陈原不是职业作家，一生的精力，主要投入编辑活动中。他一九一八年出生，一九三八年大学毕业未久就加入进步的出版社当编辑，桂林、重庆、广州、上海、北京，先后在新知书店、生活书店（包括以后的三联书店）、世界知识社、人民出版社、文化部出版局、商务印书馆工作。假如加上他在这些岗位上所编辑的稿件目录，那怕不止上千种哩！即使他在当领导的时候，仍然亲自审处书稿，不当签字画押的名义领导。《韬奋文集》三大卷编印过程中，虽然有范长江同志负责主编，许多出版界前辈参与工作，然而陈原作为出版社一员，仍然一字一句将百万余言的三大本读完，提出详尽的意见。五十年代中期开展新中国成立前学术著作选择重印工作，他也是逐本审读，提出意见。五十年代后半期以后，他管理出版行政，精力主要放在开会、起草文件上，但是仍然很精心地指导出书，包括当时的《读书月报》和《出版通讯》的编辑工作……

人们从他的经历可以发现一个值得注意的事实。他在近著《社会语言学》中说："作者的研究工作是在节假日或工余的深夜间进行的。"编辑工作的需要，往往使他在这一段时间"写下了五六十万字的笔记"（《世界地理十六讲》），那一段时间里"写下了四卷语言笔记，凡百万余言"（《语言与社会生活》）。他当初当编辑时，住在一个破庙里，"天蒙亮就起床，为了省钱不吃早饭，拼命写我的地理"（《一九三九年春桂林杂忆》）；当了出版局长后，"卧病在一个医院里，偷闲细读了好些中外史籍……胡乱写下二十余册笔记"（《书林漫步续编》）。只有经过这样艰苦的劳动，才能发为文章，终成巨帙。

一个编辑应当怎样进修、提高，我们从这里可以得到一些启发。

四十年代初，二十多岁的陈原在桂林编写了两本实用性质的书：《外国语文学习指南》《英语分类词汇》。这在陈原的业绩中可能是最不起眼的，不过这两本奇特的书中，我们却确实可以发现陈原的一些特色。新中国成立前教外国语的书汗牛充栋，但是怕很少有书在谈外语学习时说出这样的话："学习外国语的目的，是要把握一种武器"，因为"在现代的中国"，"有介绍新思潮的任务"。又说，一个人懂得好些外语，并不一定就伟大，"卡尔是伟大的"，但这伟大在于"他的学说"，而不是因为他懂多种语言。"卡尔"是谁？当然是马克思。在另一本词典式的书中，居然列入"共产主义""阶级斗争""布尔什维克派"等单词，"来供给中上学校的学生和自修英文的查考用"。这些内容在新中国成立后的书刊中当然常见，但要知道，当他编这些书时，华南正是"文化的禁城"，对进步书刊的查扣，在"检查史上是空前的"（《书林漫步》）。

陈原何以会对地理发生兴趣？偶然读到他的《一九三九年春桂林杂忆》，讲他写第一本地理著作《中国地理基础教程》的经过，才知道他写中国地理书的目的，是想"从经济地理角度讲明中国的半封建半殖民地性质"，"同时又驳斥反动派散播的所谓地大物不博，抗战抗不下去的悲观投降论调"。循此线索，再进而看他的世界地理著作，才知道，他在这里所做的，同样是透过地理，不时地同读者讨论政治，研究经济，驳斥反动滥调。他在一本书中也说过，他关心的不是历史地理、自然地理……而只是"现代变化的世界"。

陈原的语言学研究也许是很早就开始的，但到七十年代，因为他在商务印书馆主张重印"文革"前编的《现代汉语词典》，遭到"四人帮"的攻讦，这使他重新开始大规模的语言学研究工作。他说："恶棍姚文元借着一部词典狠狠地给我打了一棍子，黑线回潮啦，复辟啦，大帽子铺天盖地而来，晕头转向之余，很不服气。于是一头扎进语言现象和语言学的海洋……"我们这些非语言学工作者，读他的语言研究论著往往也具有极大的兴趣，除了他掌握深入浅出的写作方法以外，恐怕同他出于批判极"左"思潮，坚持马克思主义而写作这些书的目的分不开的。

从这几个例子可以看出，在陈原门类繁多的工作业绩中，有一种一以贯之的东西：以介绍"新思潮"而鼓励学习外语，为反对投降主义、研究"现代变化的世界"而写地理，要批判极"左"思潮而"一头扎进语言现象和语言学的海洋"——这中间，不是有一条很清楚的线索么？正是这条线，使陈原成为进步的、党的编辑家和出版家。

陈原在出版界以谙熟"洋务"著称。他精通多种外语，经常出国，读过的外国书尤其多，特别了解国外出版界情况。他曾单身一人去奥地利、比利时、联邦德国、苏联参加几个国际会议，访问几个研究所，竟可不带翻译。

陈原还是世界语界的前辈，现任中国世界语协会副主席。

同陈原谈工作、论世事，常见他引述外国的事例；读他的论著，常常见到他声明，某事某说曾得益于某个外国学者，甚至某章某节据某本外国书编译而成。

一九五八年商务印书馆恢复业务，确定以翻译外国学术论著为主要任务，有一位领导同志戏称它的任务是搞"洋务"。十几年后，陈原主持"商务"的工作。因此，如果也戏称陈原为"洋务派"，似乎也可以。

但是，陈原不是那种以崇洋为务的"洋务派"，在他吸收国外经验的活动中，显然也有一条主线，一种一以贯之的东西。这用现在的语言来说，可以称之为"洋为中用"吧。

陈原在六十年代初期当出版局长之余，忽然研究起近代中外关系来，写了好多篇中英、中美关系的文章，在鸦片战争前后的帝国主义侵华、中国人民抗争史的研究上，颇具新见。其中一些文章收在《书林漫步》与《书林漫步续编》中，陈原在一九八二年七月，特地为《书林漫步续编》写序说明他的一个见解："作者力图用科学的观点去剖析史实，特别是对外国入侵者加以无情的鞭挞，也许动了感情，因而行文不免有偏颇或疏漏的地方。作者在研读历史文献时深感要剖析这段史实，必须从中华民族的尊严和解放斗争的基点出发，这几年看到少数几篇论述中外早期关系史的文章，不敢苟同，它们有意无意把那个时期一些不那么光彩的事实都美化为'友谊'，这不是科学的态度。友谊不是屈膝的同义语；不能把欺压误认为友谊。"这里请注意"从中华民族的尊严和解放斗争的基点出发"一句，这是这一段里的点睛之语。

陈原所研究的社会语言学，可以称得上是十足的舶来品。他在论著中忽而谈论申农的理论，忽而研究语言信息的"比特"，不少是外国的货色。但是，他并没有照搬外国。前不久，他在给笔者的一封信中就指出，不能过分强调语言（即使是自然语言）的非社会因素："语言作为'信息'同申农信息论中所处理的信息（information）是不完全一样的，不一样就在于语言的社会性，用纯自然科学的方法（包括统计物理学的方法）去分析社会语言，往往会得出超社会的结论。**我的社会语言学体系与西方社会语言学体系不同的根本点，也就在于此。**"（重点为笔者所加。）

陈原当然竭力拥护开放政策，反对闭关自守。早在五十年代，他就在人民出版社同戴文葆、史枚等一起具体草拟外国哲学社会科学名著翻译规划，打算翻译一亿两千万字，两三千种，以后这个任务转给了商务印书馆。十年动乱，完全打乱了这个工作。二十多年后，他主持商务印书馆，又提议出版"汉译世界学术名著丛书"。出这套丛书可真所谓是"扛鼎之举"。短短几年，出书不少，议论也不少。但不论人们对这套书的个别问题有何看法，一九八二年陈原在刊行这套丛书之际所写下的那些话，仍然是大有意义的："这许多书的作者都是一个时代、一个民族、一个阶级、一种思潮的先驱者、代表者，他们踏着前人的脚印，开拓着新的道路；他们积累了时代文明的精华（当然有时亦不免带有偏见和渣滓），留给后人去涉猎，去检验，去审查，去汲取营养。"

当一个编辑，永远会遇到执行开门政策和批判分析西方思潮的问题。经常采取"去涉猎，去检验，去审查，去汲取营养"的态度，不忘记"中华民族的尊严"，常常注意到彼此在体系上"不同的根本点"，是重要的。

编辑是无名英雄，而陈原的"知名度"颇高，但他实以学人名世，因而人们也很可能忽略他的行政能力，特别是他的出版行政能力。

举个小例子，五十年代中，人民出版社编辑部领导聚会，常常叹息会议太多，看稿子时间太少。某次会上，陈原忽然提出一项统计材料：自某日至某日，他开会若干小时，与人谈话若干小时，处理行政杂务若干小时……最后看稿子仅剩下若干小时。证据凿凿，无可争辩，于是引起普遍重视，立即采取解决措施。

在管理上，无情的统计的确比深情的叹息更能解决问题，陈原看来深谙此道。

一九五五年，在曾彦修、王子野倡议下，陈原在人民出版社负责拟订一些编辑工作制度，当时被称为出版社工作的"根本法"。这些制度，经过一九五七年的风波，一九五八年的"跃进"，一九六二年后的斗争，以及一九六六年的浩劫，人们大概已经遗忘。但这些制度中关于审读、加工书稿的许多思想，今天仍然有用，值得写进将来的"编辑学教程"。

例如，关于审读书稿，提出十点要求，强调"审稿应注意不被原稿拘束，应对原稿作一鸟瞰，避免随着某些原稿钻牛角尖"，"在学术问题上作者的一说与众不同，但能言之有理，持之有据，在审稿意见书中可以指出，但不要遽加否定"，"要适当注意主题要求阐明的内容是否充分，是否有说服力，但不要偏于找寻原稿所没有接触到的问题"……这一些，都是当时工作中实际问题的总结和概括，有着相当丰富的内容。

陈原在编辑工作管理安排上，强调"把工作挪前做"。这看来是很简单的几个字，却值得他为此演讲了好几个小时，说得头头是道，令人折服。当时做编辑工作，习惯于零敲碎击，不能通盘安排，特别是在约稿之后，往往把稿件置之脑后，到交稿时加以处理，经常发现问题不少，于是事后弥补，费力不少。其他环节，都有类似情形。陈原提出"挪前做"，就是说前一环节要考虑后一环节的工作，安排前后左右的关系。用现代管理语言来说，大概就是一种运筹学或线性规划的思想吧，然而当时大家都不懂这些，由陈原用简明通俗语言出之，对改进工作极其有益。

陈原富有现代观点，他对编辑出版工作管理的见解，到八十年代，想必更有发展。但这要另有行家来阐述。当写这篇短文的时候，见到他正在收拾行装，准备赴墨西哥参加关于出版工作电子化的会议。希望此行归来，能带给我们更多新的信息。

陈原现在是国家语言文字工作委员会主任，按身份是官员；他兼中国社会科学院语言文字应用研究所所长，照这说又是学者。官员和学者，可以说高于编辑多矣。这些年当编辑而未能安于位者，除了想发财去从商外，所谋者大多在此两途。陈原竟于无意中得之，岂非快事！然而与陈原谈天说地，所议所论，还是编辑、出版为多。当然，有时不能不调侃几句，说什么我是不懂你们这一行了之类，然而说了归齐，还是谈他的得意之事——出书。你看他在为官为学之余，为编辑、出版界所做的我们所知道的几项业绩：

亲自编了一本《商务印书馆大事记》。此书书名平平，然而编写、版式，具有独到之处，其舒坦、冲逸、精要，一如在陈府啜巴西咖啡，非亲尝、亲见者未能领略，其妙只在这是一部平平实实的大事记，如果是一本苦雨斋主的散文，那是题中应有之义，也不值得大惊小怪了。

撰写了一系列对自己多年编辑同事的回忆，后来集为《人和书》一集，由三联书店于一九八八年底印出，集中所记冯宾符、史枚、梁纯夫诸位，非当局人莫为。陈原说起这些战友，总是满怀伤感，不能自已，此书版式曾得陈原指点，据说还算满意。

《人和书》排印之间，消息传来，陈翰伯去世，陈翰伯、陈原，这两位习称为中国出版界"CC俱乐部"之主将。凡说起十一届三中全会前后出版史者，必得熟谙当年此二陈之作为（还有一位是人民出版社的范用）。陈原于惊悉陈翰伯去世之后，写一长文，刊于《读书》。这也是一篇怀念战友，也许可以说是怀念他的本行——编辑、出版的至情之作。《人和书》未能收入此文，只得将来找补了。

《在语词的密林中》乃长文，在《读书》连载近一年。这按例说是他的"为学"成果，扯不到编辑、出版上来。然而正儿八经的学者，毕竟写不成这么蛮有风趣的作品。我们还不能不把它硬扯到编辑领域里，是他关心我们的出版物的成果。

三四十年代里，据说出版家多为文化人。五十年代起，这种状况已有改变。出版机构主持人必得是党的工作者，如是方可实行有效领导。尽管如此，我们还是见到如一九五七年前人民出版社这样的领导班子：胡绳、叶籁士、华应申、戴文葆、梁纯夫……以后班子的组成日益向行政干部和党的工作者转化。直到如今，出版社的有些领导往往是靠学者的提携，依赖自己的行政地位，挂名编辑某些丛书来维系自己的"文化声望"了。以前是有了文化声望再当出版社领导，现在是当了领导再争取文化声望。中国许多事喜欢倒着来做，这也许无可厚非。以后发展到哪里去，我们并不知道。但不论如何，在我们心目中，像陈原这样难得的老一辈懂文化、懂学术的老出版工作者，仍是一个典范！

一九九○年二月

# 陈原的几句外国话

陈原先生刚去世。缠绵病榻近三年，这位最善言辞的智者，到生命的最后关头，竟然不能说话。起先说不了北京话，还会说广东话——他幼时说的语言。最后一年光景，就似乎啥也不能说了。医者说这就是"脑软化"。

我在陈老手下工作先后正好五十年——有一段时间不在一起工作，但还常相往还。他固然善言辞，但对我影响深的，却是他常同我说的几句外国话。

同我讲外国话时多半是彼此工作中出现无可奈何的事情。我对他述说做文字宣传行业时遇到的种种难处，絮叨自己手边的事情遇到了什么什么窒碍，于是他会突然冒出一句世界语：

An korau venos printempo……（春天还会来的……）

陈公是世界语协会副主席，自然是"爱斯不难读"（Esperanto——世界语）老手。我是上世纪四十年代中在上海滩当"小赤佬"时，羡慕进步，在夜校里学的"半瓶醋"。记得我当他手下不久，当我知道他是世界语前辈时，冒出一句我学的世界语课本第一句，他大为惊奇。这一下我算是马屁拍上了，于是我常常听到他同我叨咕世界语。而当上面一句话他说出后，我有时也会回敬他一句：

Multaj belaj printempoj！（还有许多美丽的春天！）

这些都是那些三四十年代文学老前辈爱说的话，源自尤利·巴基的小说。说实话，像我这类文化小商人之所以能在自己管出版社时出一些好读的书，受惠于他们的业绩多矣！因此自然可以"出口成章"。

有时，我向他汇报，什么什么难事经过斡旋，总算解决了（我从来不向他说自己经过什么"奋战"，才解决困难，因为自信不是那材料）。于是，他突然冒出一句爱说的意大利语：

Eppur si muove！（它仍然转动着！）


　　我没学过意大利语，但 muove 的意思是懂的。他见我不很懂，往往又再补说一句中文。于是，每次听了这话后我都是信心大足，从容地准备迎接下一个春天的来到。好在我在出版界始终都是小人物，无论地球是否 muove，在我身子底下终还没有火刑的煎迫。但不论如何，信心自然是更足了。

　　陈公到了晚年，可能因研究社会语言学的关系，热心研读维特根施坦。他因而常要同我用德文说维氏的一些术语，例如 Sachverhalt、Tatsache 之类。我何尝懂维特根施坦，但也勉强把《逻辑哲学论》俄译本翻读一过，至于德语，当然更是很愿说的。因为我们一帮在五十年代中期活跃的年轻人，曾经组织自学德语小组，当时觉得一个革命青年不学马恩的语言是一种耻辱。课本就是《共产党宣言》。于是，我的德语，不是先学"人"这个词，而是先学"幽灵"一词。不是先学人"出现"的德语词，而是先学幽灵"出没"的德文说法。这样，凭我的德语如何够同他对话？但我还清楚记得，在八十年代末，我正为许多事情心情焦虑之际，他第二次"中风"住院，在医院里同我用德语说了一句维特根施坦的名言。这句话的德语原文我现在背不出来，但我知道是《逻辑哲学论》里最后一句话：

一个人对于不能说的事情就应当沉默。

这话，从语言学来说，自然有深义存焉。但浅学如我，只知道当时这最后两个字的重要。这里陈公教了我一堂重要的德语课，也是人生课。

现在听不到陈公讲外国语了，当我感到有烦恼袭来时，往往觉得茫然不知所措。

二〇〇四年十二月

# 从陈原的辛酸说起

陈原先生著作等身，尤其是语言学著作。他的文集《陈原语言学论著》都一百三十余万言（台北商务印书馆版），自为经世名作。而在此书的第一篇论著卷首，却有一段颇为辛酸的话：

> 我对语言学本无研究，只不过是个门外的爱好者。不过在"文化革命"中，恶棍姚文元借着一部词典狠狠地给我打了一棍子，黑线回潮啦，复辟啦，大帽子铺天盖地而来，晕头转向之余，很不服气。于是一头扎进语言现象和语言学的海洋，几年间——直到群魔垮台之日，写下了四卷语言笔记，凡百余万言。

这倒真应了眼下大陆某些年轻朋友的论断：不能彻底

否定"文化大革命"。至少从这里看，这场"革命"造就了一位语言学家！

是什么样的棍子令陈原这么一个从旧中国过来屡经沧桑的老共产党员如此辛酸呢？这里摭拾若干史料，向大家作点介绍。

陈原说的"一部词典"，是指《现代汉语词典》。此书由中国科学院（当年还没称为"社会科学院"）语言研究所词典编辑室编辑，商务印书馆出版。陈原当时刚从"黑洞"中出来未久，被"结合"到商务印书馆，成为编辑方面的负责人。他主持未久，印行了这部词典，原以为可为"大革命"后中国枯萎的文化界添点生气，而且出词典应是风险较小的工作。不料刚出未久，一九七四年，工人群众便打上门来了。

陕西省韩城县燎原煤矿的工人首先发难，说这词典"不看还罢，看了反而会中毒受骗"。如何受骗？一个例子是词典里下面四条名词的释义：

圣人：旧时指品格最高尚、智慧最高超的人物，如孔子从汉朝以后被历代帝王推崇为圣人。

圣诞：旧时称孔子的生日。

圣庙：奉祀孔子的庙。

圣经贤传：旧时指圣人写的经，贤人写的传（阐释经文的著作），泛指儒家经典。

尽管这里点明是"旧时"，工人同志们仍然不依不饶，指陈这些注释"陈腐不堪"，有"严重资产阶级倾向"云云。总之，出版这本词典，是为了"向广大读者放毒"。

过不多久，知识分子也发难了，首先上来的是商务印书馆内部的"革命群众"。他们用"商群"的名字对自己单位的"走资本主义道路当权派"责难说，这词典的出版，正是"刘少奇一伙为了复辟资本主义，反对总路线、大跃进、人民公社三面红旗，掀起尊孔逆流"，从而是"他们的反革命修正主义路线的反映"。知识分子的批判当然举的例子更多，除了大量关于"孔老二"的条目外，还指出下面这些条目的"谬误"：

工人：个人不占有生产资料，依靠工资收入为生的劳动者（多指体力劳动者）。

佃农：自己不占有土地，租种地主土地的农民。

宪兵：某些国家的军事政治警察。

租借地：一国以租借名义在他国暂时取得使用、管理权的地区。

天哪！这些基本按照普通常识乃至马列和毛泽东的语言编写的解释，竟然被判定为"模胡劳动人民阶级意识、为反动统治阶级开脱的手法"，是"宣传阶级合作、剥削有利"，"替帝国主义掩盖了强盗面目，是地地道道的帝国主义腔调"。因此，这部词典被认为"深深地打上了资产阶级的烙印"。

更有甚者，这些"革命派"还查出词典未收"大跃进""大寨""大庆""人民公社""八字宪法""毛泽东思想""中国共产党"等词条，这"暴露了资产阶级对于生气勃勃的社会主义革命和社会主义建设的偏见和仇视"，"进一步戳穿了纯工具书观点虚伪性"。

那么，一部语文词典，究竟要怎样解释词条才算正确呢？照"革命派"的主张，"比如注释'英雄'一词，要说明各阶级都有自己的英雄标准，资产阶级英雄是什么样的，无产阶级又是什么样的，等等；注释'刑场'，要说明既是处决犯人的地方，也是革命者就义的地方；注释'犯人'，还要分别说明什么阶级把什么人当成犯人，等等"。做不到这一点，这部词典就"不值得出版"。

工人和出版界的"革命群众"说过话了，于是官方的"写作组"写出重头文章来作结论。署名"虞斌"的一篇文章中判定这是一部"大肆颂扬反动没落阶级意识形态，孔孟之道和有其他严重政治错误的词典"，予以出版是"一个极其严重的政治立场错误"。据说，这篇重头文章是秉承姚文元的一些有关"批示"写成的。

这是中国词典史上的一个小小的插曲。在惊风恶浪的年头里，我们敬爱的陈原先生及其同事陈翰伯先生（时任国家出版局的代局长，出版这一词典的支持者）因而得有"资本主义复辟的 CC 派"之美名。国共斗争中共产党的死敌"CC 派"，此时把大名让位给了两个老共产党员，此"二陈"（Chen and Chen）当年"罪行"之大，可想而知。

《现代汉语词典》现在是大陆最常用的词典，我每次查阅它时，总会想起这些故事，甚至想到批斗二陈大会上的阵阵口号声。唉！人为什么非要做傻事不可呢？！

二〇〇二年十二月

# 品牌意识首先是原则性

　　我是一九五四年八月被分配当出版社各位领导的小秘书的。凑巧，位置就在陈原同志的对面，于是从这时开始，我天天听他说话，看他做事。如是者三载。以后不在一起工作了，但我一点没放弃向他学习的机会，还是不断向他请教。好在他的夫人余荻同志和蔼可亲，乐于接待像我这样的小客人，我就成了他家的常客。一九八〇年后，因缘时会，我又在他领导下工作多年。如是，到今年刚好满五十年。从这意义上说，我也许是跟从他年数较长的不记名弟子或崇仰者之一。

　　陈原是学者，是高级公务员，是编辑。以我的浅学，是没法学得他的全部本领的。前些时候，有记者采访我，我说我只学到他的十分之一本领。事后细忖，说这话可真是狂妄之极了。他的三个身份，我只学其中一个（编辑）。

这一个之中，大概所学得的也未达十分之一。

这里记一些学习心得的片段。有一些是过去写过的，说过的。因为时时在心，不免常挂在嘴上，有些同志可能觉得听厌了，敬请谅宥。

陈原善于言辞，他说的有的话别人听了似乎言不及义，不够慷慨激昂，于是风传他如何如何。其实，在局内人看，他非常讲原则，讲党性。

我认真学过他新中国成立前写的一些书。十分奇怪，一个人为什么能著译如此门类众多的书，例如：地理、国际问题、英语学习、世界语学习、文学小说，等等。其实，看得多了，才知道其中有一个一以贯之的东西，就是党的政治需要。

例如，我认真读过他在二十多岁时写的《外国语文学习指南》《英语分类词汇》，发现其中居然有这样的话："学习外国语的目的，是要把握一种武器"，因为"在现代的中国"，"有介绍新思潮的任务"。又说，一个人懂得好些外语，并不一定就伟大，"卡尔是伟大的"，但这伟大在于"他的学说"，而不是因为他懂得多种语言。"卡尔"是谁？当然是马克思。在另一本词典式的书中，居然列入"共产主义""阶级斗争""布尔什维克派"等单词,"来供给中上学校的学生和自修英文的查考用"。这些内容在新中国成立后的书刊中当然常见,但要知道,当他编这些书时,华南正是"文化的禁城",对进步书刊的查扣,在"检查史上是空前的"(《书林漫步》)。

又如他何以会对地理发生兴趣?偶然读到他的《一九三九年春桂林杂忆》,讲他写第一本地理著作《中国地理基础教程》的经过,才知道他写中国地理书的目的,是想"从经济地理角度讲明中国的半封建半殖民地性质","同时又驳斥反动派散播的所谓地大物不博,抗战抗不下去的悲观投降论调"。循此线索,再进而看他的世界地理著作,才知道,他在这里所做的,同样是透过地理,不时地同读者讨论政治,研究经济,驳斥反动滥调。他在一本书中也说过,他关心的不是历史地理、自然地理……而只是"现代变化的世界"。

当然,更能说明他的原则性的是他的语言学研究。这完全起因于他为了政治上反击"四人帮"的需要,这个范例大家已很熟悉,不多说了。

我特别记得他在领导《读书》杂志的工作中如何坚持

原则性。

《读书》创办他老人家老对我辈讲的话是：要办一个讲真话的杂志，办一个不讲"官话"的杂志，不讲大话、空话、套话、废话，要杜绝棍子。不久，第一期第一篇文章出了问题，第三、四、五期也都被认为有大大小小的问题，当时我还没去《读书》，等我调到他那里，才大吃一惊。他看我动摇，对我说，我们一点没有离经叛道，因为我们发这些文章，不过是针对绝灭文化的十年现实说的。他郑重其事地对我说：我们的信仰，我们的理想，丝毫没有改变，更绝对没有想过脱离领导。他要我重读马恩的著作，重读十一届三中全会决议，要我坐得住，定得下。

现在大家都在说"品牌"意识，特别是三联书店的"品牌"意识。我个人深深感到，陈原同志从上世纪三十年代到本世纪初的这些范例，就是三联"品牌"意识的深刻写照。三联书店品牌之可贵，端在前辈坚持的这种原则立场，这种对原则和理想的坚定性。也正是在这一点上，我学得最差，应当说百分之十都不到。

二〇〇四年七月

# 陈原先生

报载陈原先生等五位老出版家荣获韬奋出版奖的荣誉奖，这才想起了韬奋出版奖，特别是想到陈原老人。

得奖的五位老人中，最熟的是陈原先生。陈老这几年卧病协和医院，我一二个月去看他一次。虽然是老熟人，他见到我却只是漠然地望我一眼，无法对话。有时忽而恸哭，但仍不能言，不知究竟。据说他有时能听懂广东话——儿时讲的语言。前不久香港牛津大学出版社林道群先生来，我陪他去探访。林只说了几句广东话，陈老虽不能言，看来比对我的话反应多些。最近几个月，老人嗜睡，就更无法对话了。

我在陈老领导下工作，远在五十来年前就开始了，他简直是把着手教我。记得最早学的一个手艺是：为出汉译世界名著做卡片。大概是周扬的一个什么批示，要学习日本明治维新时期的做法，出版一批世界名著，计划订了一亿二千万字，目录就印了厚厚一册。因为目录是蓝皮的，我们内部称这个计划里的书为"蓝皮书"。出哪些书？老人们要我们先找马恩列斯征引过的，特别是他们有好评的。于是，我等小青年就被迫天天读马恩列斯，做各种书目卡片。首选当然是黑格尔的《小逻辑》，还有费尔巴哈，加上《乌托邦》等等。后来怎么来个凯恩斯的《就业利息货币通论》，我也忘了，只记得为出这书有点紧张，所以赶紧又跟上一本对这本书的批判。

"文革"中批陈原时有人说，只要一搞资产阶级的东西，陈原就来劲。这话当然是诬蔑。但陈公对西方东西的熟悉，实在令人惊讶，是我接触到的领导人中极为少见的。

这几天人民文学出版社斗胆印了《查特莱夫人的情人》，我又想起了这位老前辈。因为就是他不断跟我讨论这本书。他逼得我不得不细读此书，而且要读原文本，因为他谈话中引用的往往是原文，例如常要说：Ours is essentially a tragic age, so we refuse to take it tragically. 他是出版界领导人，却不断非议位居要津的人们一再要查禁此书。在一篇文章里他说："由于我们这里一直被人宣传此书是'西洋的

《金瓶梅》'，难怪有些神经紧张的人一听到书名，就免不了怒发冲冠——滑稽的是在这些精神紧张者中，实际上既未读过《金瓶梅》，更未接触过《查特莱夫人的情人》。"

我的做出版，不断学习陈公，自然只得皮毛。举个小事来说，他酷爱贝尔芬、柴可夫斯基。而在我这"陈迷"的 MP3 里，却永远只有邓丽君。由此，也就可概其余了。

二〇〇四年三月

# 陈著《总编辑断想》后记

一九八〇年，我有幸在陈原先生领导下编《读书》杂志，这是我第三次同陈老有密切的交往。在这以前，已有两次。第一次是一九五四年，那年我二十三岁，奉调去给人民出版社的领导们当秘书。陈老是领导成员之一，我的座位正好在他对面，于是天天听他以及其他领导讲好多我听不大懂的话。这以前，我只在出版社干过四十个月的校对，完全不知道出版特别是编辑是怎么回事，所以到这时就十十足足当小学徒了。那时一大一小两间屋子坐了五六位领导，以曾彦修先生为首，还有王子野、冯宾符、张明养、史枚以及陈原先生各位。我听他们特别是陈原先生的宏论三年，到一九五七年，政治运动来了，才告一段落。

第二次密切的交往是在"文化大革命"中。这是一种有特殊意义的"密切交往"——他成了审查对象，我被认为是"小爬虫"，即紧跟他们这些"走资派"的走卒。当然，陈先生是"敌我问题"，我还算"人民内部矛盾"。我只有狠揭狠批陈原诸人，方可过关。我当然是老老实实地做了，也就是把上面所说三年里所接受的一切关于出版的启蒙教育都给否定了。我记得，写过一张大字报是狠批陈原在家里请我吃饭时劝我多读书的"谬论"的，也就是他在本书第一节所说的那些道理。这位"走资派"居然在家里设宴用"读书"这诱饵来毒化像我这样的"革命青年"，是可忍孰不可忍！这一来，我当然同走资派划清了彼此的界限。要说明的是，当年如此这般做来，是相当心甘情愿的。我那时埋怨的只是对我公开施加压力的几位同龄的小伙伴，怪他们对我这老朋友下手太狠。对"大方向"，说实话，压根儿没有怀疑过。就这么，把自己三年里所受的教育都给否定了。广义地说，人们间的此来彼去都属"交往"，因此我同陈先生的这一次来往也可说是"密切的交往"，只是性质特殊而已。

以后就是上面说的第三次"密切的交往"。这一次，我真正当了他的下手。一起编个杂志，他遥控，我执行。事情刚一上手，我就意识到那些老人家是在把一九五七、一九六六年被打断的事继续做下去。想不到，"否定之否定"这一规律也适用于自己。我起初很困惑，怎么一九六六年那么热忱地否定过、批判过的一切，现在又那么大规模地实践起来，不同只是，现在不用去讲苏联的"先进经验"，而只是老老实实谈自己的传统和实践了。我举一个小例子来说明一九五四与一九八〇的类似：以我之不学，在一九五四年间怎么会知道世有陈寅恪其人。当时，那些领导老在嚷嚷陈寅恪，后来还用三联书店名义出了他的《隋唐制度渊源略论稿》和《元白诗笺证稿》。一九五七年以后的几十年里，听不到这名字了。到一九八〇年以后，又老听这些老长官说到此人。那时对这名字我就不陌生了。即使没有受过历史学专门训练，也算读过他的一些著作，甚至可以倚老卖老地说一些五十年代的往事。

因陈寅恪，又想到所谓"衣食父母论"。这更是我在五十年代天天听领导在谈的一句话。到"文化革命"，包括我在内的革命群众哪能将"走资派"这个罪行轻轻放过。批这理论还有一"带劲"的做法：把作者揪来一起批斗，于是这会就开得热闹了。何况听说此语源自某大"黑帮"，更可以做到"大方向"没问题。八十年代后，还是陈原这些老先生，言传身教，要我们真正把作家当作"衣食父母"。可以说，《读书》之可以办得出色，受此论之惠多矣！同事中这方面实践得最好的是赵丽雅女士。她是从文化、书迷的角度真正奉作家为"衣食父母"，同他们交朋友，为他们出力的。她把陈老的种种主张融会贯通了。

从上面这些背景来看这本小书，可以大致掂出此书的分量。它实际上是一个极有智慧的老人从事出版一个多甲子的经验总结。在这个总结中，作者又把他对他的前人经验的理解融会在内。陈老为文，明白如话，兼以幽默风趣，这种他经常指点我们的"可读性"，恕我直说，有时也有一个副作用，这就是有的论点容易为读者轻轻放过。鄙人在这里以追随此公数十年（其中有若干年背叛，前已言及）的旧部的资格奉劝读者，千万慢慢地耐性读，不要放过书中的微言大义。

这本书完成于一九九三年一月。是时也，鄙人虚度六十又一，获准退居二线，从兹少问世事。因此，陈老出版观念的许多新发展，我已不及实践，以是恨恨。例如讲系统工程，讲凝聚力，其中指述的许多优长之处，为我前所未知，而有的弊端，却是我工作中常犯的毛病。现在读到，恍然大悟，但改已不及，徒呼负负。从这里看，年轻的读者朋友，你们在还能把陈老的经验付诸实践的大好时光读到这本书，是有福了！

二〇〇〇年十月

# 界外人读

商务印书馆为了"收复失地"，开始出版一些国内学人论著，大是好事。其中有本馆前老总陈原的《陈原文存》若干种，尤为"失地"中的大都会，现在一一收复，列为本馆"领地"，更是值得欢呼。

刚读到的一本是《界外人语》，是陈先生过去从未辑印过的杂文集，其中不少文章连我这种陈作的崇拜者都没见过，所以到手马上就拜读一过。书分四辑：思想录、书志、艺文志、人物志。我最感兴趣的，是从一个新的角度，用一种新的认识，谈论许多我所熟悉的书、事、人。这种文章，四辑中每一辑里几乎都有。之所以关心书中谈到的自己熟悉而不是陌生的书、事、人，是因为我深知此老往往语出不凡，许多我辈久以为常的事情，在他笔下，可以化腐朽为神奇，使人得到新认识。这是我的一条重要的"读陈心得"。例如说一"整"字（页24），寥寥千余言，把这字的当代涵义说得活龙活现。这大概是西方新派学人通过"关键词"来研讨社会、文化问题的一种时髦方法，然而陈公不动声色，不引洋人，不故作艰涩状、高深状，别出心裁地把我们社会里"整"（人）的沉疴写出，同时又不声不响地批评了某些辞书中的提法。书中谈《读书》起步那几年，谈三联书店的五十年（我个人觉得尤其亲切的是此文的附录:《一段插曲》），其中谈到的人和事，许多为我这个这些事业一度的后继者所不知。例如我也写过史枚老人，敬佩他的耿直，但我完全不知史老托陈老转信一事（页189）。陈老告诉我们这类故事，实际上对当代文化史作了重要补充。

我特别想说的是此书的名字:《界外人语》。这当然可以视为作者的谦辞:自居在某一学界之外，因而"说的尽是外行话，无足轻重"。然而，根据我的认识，这四个字与其说是谦辞，毋宁说是表达了作者的一种文化宗旨和主张。陈原这位多学科的专家，其写作有一重要特点，就是举重若轻，深入浅出。他所关注的"受众"，界内以外，更重"界外"。他的这种主张，后来实际上成为了他所亲手创办的《读书》杂志所追求的风格。我辈不学，既无厚积，自难薄发，所以没法学习这种写作特点；但是作为编辑，还是有一种优长之处：自己做不到的，可以请作者做到。一二十年里，在陈公坚持下，《读书》的编辑工作拼命往这方向努力，如有成就，原因盖在于此。

明明是"界"内的行家，偏偏要请他或他自己要作"界外人语"，原因在何？道理很简单：为的是让"界外人读"。老一辈学者，往往有这种常为"界外人"考虑的善念。这也许还可以视为三联、开明等单位的一种出书传统和文化传统，而陈原老更身体力行之。这种善念，可以解释为"群众路线"的体现，而更广泛地说，应当还是"学术乃天下之公器"的精神的发扬。

自然，我们并不因此排斥供界内人读的学术专著，不过对我这样的十足的门外汉来说，只觉得大家出"界"论学谈事，更亲切些。

二〇〇一年三月

# 几十年后的话

二〇〇六年十一月四日，商务印书馆别出心裁，在陈原老人谢世两周年之际，在涵芬楼书店举办了一次追思会。会上，各级领导都有极富感情的发言，使我辈受到很大教益。领导在场，在下不便去抢话筒说话，没有主动要求进入起来讲话的追思者行列。但是，在整个会上，我的"思"其实一直未停。尤其是，会一开始，商务印书馆安排了一位王女士，用极有激情的语调，朗诵了一段陈老奉劝当编辑的年轻人要多读书的名言。

这一段话，对别人也许只是一段有益的教言，对我，却勾起了我的无穷思念，使我羞愧无比，以致哽咽得无法语言。

那几句话，是陈老在上世纪五十年代上半期常对我讲的。一九五四年八月起，我跳出校对员的"火坑"，开始学习当编辑。请当今在做校对工作的各位同行朋友原谅，在我们那时，有高等学历而分配去当校对员的，大多认为自己屈才，要想方设法跳出这个"火坑"。我是当年校对员中学历最差的（真正的学历是初中肄业），按说当校对员已是"高攀"，但在那时的思潮影响之下，也一心想转行去做编辑工作。没过多少年，我时来运转，调任总编辑们的秘书了，真是快何如之。

我很幸运，被安排同陈老在一屋办公。我读过陈老的书，特别知道他是外语专家。于是，见面不久，就同他用那些半通不通的俄语、世界语说话，不断向他请教。我又借送文件等机会，常去陈老府上。陈夫人余获女士，为人极为谦和，对我百般呵护，总是招待我同他们全家一起吃饭。于是我就成了陈老家里饭桌上的常客。

在饭桌上，陈老同我说的，大多是关于读书的话，同追思会上王女士朗诵的差不离。我得天独厚，在这次会以前五十多年就十几二十次地亲聆他的这些教诲，真是幸何如之。

但是，不幸的事在后面，我在陈老教育下逐渐成长。我总算发了一点愤。当年人民出版社资料室是不开架的，就在曾彦修、王子野、陈原等几位开明派领导的主持下，改成开架陈列。于是我下一决心，分期分批，把资料室主要的书尽可能浏览一遍。这一来，我这小秘书神气了，领导们会上会下说起什么书，我不用查卡片，就立刻能找出来，说起谁谁谁的观点，我也大多能尽快找到出处。我同陈老特别谈得来，不仅是屋里往往只有我们两个人，而且我又努力学了几句德语、法语，同陈老的"共同语言"又多一些。他即使同我用德语提到哲学家维特根斯坦的某些话，我也对应得上，这一来，我当然就"青云直上"了。

但是，且慢！到一九五八年，灾难来了，上面号召批"白专道路"，我不幸被选为典型。那时我是要求入党的积极分子，大炼钢铁的勇敢分子，如此攀升机缘，岂能落后。于是在全社的交心大会上把自己的读书活动大骂一通，实际上全盘否定了陈老的一切有关教导。那会陈老没参加，只有王子野老人参加。他会后语重心长地对我说了一句：书当然还是要读的。我这才有点悔悟。

不过更大的灾难还在后头。一九六六年"文化大革命"来了。陈老是出版系统的大"走资派"，"黑帮"头头。我当过他的秘书，人们当然不能放过我。我被点名为"小爬虫"。他们那些"走资派"第一次被押送到一个会场时，我被指定走在队伍前面，手持一小锣，不断敲击，以示我在革命队伍中从来的角色是为"走资派"鸣锣开道。以后，开始大批判，大揭发。我的一个同乡朋友C君，原来也都是陈老的崇拜者，这时赫然成了批斗"黑帮"陈原的专家，专门系统揭露陈老的"罪恶"。我被动员多次，为了自身安全，不得已，也写了一张大字报，内容是，揭发陈原在家里用请吃饭的办法笼络我，总是劝我多读"封资修"的书，来毒化我们这些无产阶级文化事业的接班人。记得大字报在结尾时还用上那句当时的名言：由这看来，"走资派"的狼子野心，岂不昭然若揭！

大家想想，还是那些劝说青年朋友多读书的话，在这位老人去世两年后的追思会上，由一位女士用抑扬顿挫的语调念出来，当时我听了是什么心情。我简直什么话也讲不出。在今天的年轻朋友看来可能是几句听惯了的警句名言，在我的一生里，却几起几伏，包含着多么丰富的内容。而这些内容，在我个人说来，又大多是同陈老联系在一起的。

上世纪七十年代后期，陈老又出来主持出版工作。他不计前嫌，还是找我这旧部与他共事。我同他说起那些往事，他一笑置之。我在他领导下做的第一件事是大肆宣传多读书读好书的好处，批判"四人帮"鼓吹的种种谬论。这么做时，我想我们是"心有灵犀一点通"的。但是那时讲这些话也不是全然没有风险。因为登了那篇《读书无禁区》，我到有关部门去做检讨和进行辩解好多次。但我到这时已明白我们是在贯彻陈老等前辈的一贯主张，实际上弘扬他们的这些正确的人生经验、工作经验，尽管挨批，没有气馁。我过了二十多年，历经风风雨雨，反反复复，才总算完全懂得了陈老的那些谆谆教导。

不过，直到现在，又过了三十年，我本人对提倡读书多半还只是停留在口头上，没有像陈老那样身体力行。这几十年，我的确"翻阅"了不少书，却极少像陈老那样好学深思。我是追思会上在座各位中最早受到他的教育的，却反反复复，总是不能把他对我的教育一以贯之，把陈老的人生经验真正学到手，愧何如之。

二〇〇六年十一月

# 最早的地理课本

陈伯达，我不知道今天该如何评说此人，好歹同我关系不大。但是，当一九五四或一九五五年间，我忽然在北京东总布胡同十号的大院里遇见他，却实在受宠若惊。当时我是各位社长、总编辑手下打杂的（有时也叫秘书，但比诸人们习称的首长们的秘书，地位高下不可同日而语，爰名"打杂"）。他轻车简从，来找曾彦修或王子野先生。他们都不在。我简单应对后说，社领导只有陈原在，他说很高兴见到陈原。一见面，言谈之下，我很惊讶，此公对陈原著作极为熟悉，虽然他们过去从未见过。他言谈间极赞陈原的地理学著作，说在延安时读过，这使我更加意外。我当年从一个小校对员被提升到社领导身边，自然十分认真地研究领导们的论著，几乎白天黑夜都在研读。我最早读陈原先生的国际问题论著，以为他是国际问题专家。忽然又读到他译的狄更斯和谢德林，觉得他又是文学家。又常去陈府玩，知道他和夫人都是最早的苏联歌曲的介绍和译制者。我们在共青团里常唱的一些歌，不少是他们贤伉俪译配的。忽一日，听他提到世界语，我又赶快在他面前卖弄一句 Leono estas besto（世界语初级课本第一册的第一句），谈下来，于是知道他又是中国世界语运动的倡导者之一。现在忽然被提到他还有地理著作，怎么能不意外。

赶紧去图书馆找陈著地理著作来读，它们成了我最早的地理课本。陈著地理著作不下六七种，大多是三联系统出的。主要的一本是《中国地理基础教程》，估计陈伯达在延安读到的也主要是这本书。这本书写于一九四〇年，很明显，名义上是一本教科书，实际上说的是抗战，是左派主张抗日的重要论据。书中开门见山引用了一个德国记者的话："广大的空间是中国胜利的王牌。""中国的领土保证了它的生存，日本还是求和吧！"抗战期间左派出地理书的目的，应当在此。

这几本地理书一读，悟出一个道理：出版物的门类并不重要，要紧的是书中的观念和思想。三联书店不是地理书出版社，但照样可以在地理书中讨论抗战。此所以出版社在五十年代要专设一个地理著作编辑室。这个编辑室委派了一位三联书店前辈张梁木先生当主任。张先生之努力并善于开拓，为我所仅见。建立没多久，局面就打开了。他几乎三天两头要交上一份访问报告，绘声绘色地讲述他采访作者的种种情形，我由是间接知道当编辑应当如何待人接物，开展工作。可惜的是，张先生以同样罕见的热忱在一九五七年整风运动中向党支部提意见，于是地理编辑室连同他本人都在三联书店历史上先后一一消失了。

陈原先生现在不幸因"中风"而出现言语障碍，不然他一定会告诉我们更多故事。

二〇〇三年一月

# 清理旧物的感想

最近北京的地产商做了一件好事：在西山新开发的住宅区里，资助书商开了一家有品位的书店，并且举行文化陈列。陈列的首选是八十年代的《读书》杂志。为支持这次陈列，我也翻箱倒柜提供不少旧物，并且由此回忆起许多往事。

找《读书》首任执行副主编史枚先生的照片和墨迹，最费心思。史老一九八一年谢世，是杂志早期的实际负责人。我之所以进杂志编辑部，估计同他有关。因为此老当时已近七十岁，要找人接班。而他又是有名的固执，年轻人中，似乎只有我始终对他执弟子之礼甚恭，彼此相处得比较好。

我一九五四年即同他在一起工作。未及三年，他老人家成为"右派"。以后，此公似乎一直是单位里的问题人物。但我们一起劳动、说话、聊天，都还相得，尽管在名义上我们彼此属两个"营垒"。"文革"之中，两人都闲了，于是说话更投机，彼此又想做点符合"大方向"的事，免得以后吃亏，于是合作着手编写本单位的"两条路线斗争大事记"。这"大事记"至今犹存，十几万字，当然内容很糟糕，但也没忒多伤天害理的笔墨。史老先生担任重头工作，除了写作外，还刻钢版。我由是知道，这些三十年代以来的老共产党员，做刻钢版这类事都是能手。

后来在干校，两家住得近，天天相见。他天天读马列，而且要站着读，我至今不明究竟。说话中，有点知道他的经历，但是我没盘根究底的习惯，听过也算了。一九八一年四月他突然去世，其后我见到不少老人，才知道这位我曾经朝夕相处的老人家，其实是个十分不简单的人物。

首先大吃一惊的是，他是江青他们当年的熟人。他本名佘增寿，又叫佘其越，是唐纳的好朋友。据一位作家后来研究："唐纳、蓝苹（江青）、史枚是同龄人，然而不约而同的以史枚为长，因为他是C.P.，而且学者风度，老成持重，蓝苹在他面前也颇慕敬。就连她跟唐纳吵了架，也常常要在史枚面前告状。"（叶永烈：《蓝苹外传》，一九八八。）

更有甚者，此公亡于夜半，而此前十来个小时，他还同我晤谈，表露出对中国政治前途的悲观，我竟并未察觉这种心情对他的健康的严重危害。据陈原老人生前回忆文章，我方知史公当时在谋求为布哈林恢复名誉，到处找高级干部陈说，要求向中央反映。史公早在四十年代就已被党除名，一九五七年又是老"右派"分子，可还那么热心国是，委实少见。我看到过一些俄文资料，对布哈林一案也还熟，因此此前他常同我讨论，而我一直以为只是彼此说说闲话而已。他当时热衷了解布哈林等人提出"发财吧！"口号的情况，但也从没说该在中国实行与否。实际上，他在一九八一年四月十一日上午已得讯他的不少有关建议遭到严厉呵责，下午四五时见我时流露了失望情绪，于是当晚脑溢血谢世。

这位被除名几十年的老共产党员一直在忧心国是。可是，为了保护我这后学，他从不鼓励我去呐喊，只是一个人默默地干。多少年一无所得，终于抑郁而终。

二〇〇五年一月

# 没有冯老，就没有当年的《读书》杂志

冯亦代先生不久前谢世，是这里著述界、翻译界的一大损失。

已经有不少人写了悼念文章。对冯老的文学业绩，我一无可以补充。老实说，他的译品我读得不多，更很少同他讨论译事。他的论著不少是我经过手的，印象很深。但是更难忘的，是他自八十年代以来带领我编杂志，把我带进了文化界。

我在七八十年代以前，要说对出版内行，至多是有点做政治宣传的经验。《读书》一办，仔细一看，这类经验是实在用不上了。比如，照我们过去的办法，编辑是"把关"的，很少同文化人有精神上的联系，我们的任务只是指挥作者干啥干啥，特别是防止他们乱说话。乱改作者文章，尤其是不顾作者文风，过去是常事。一九五四年为此挨过曾彦修先生的严厉批评，但还是难改。原因也简单。那时喜欢统一。文风统一，用字统一，标点统一……更不要说思想统一。到一九五八年，全国一刮"共产风"，出版社可以用一纸短笺就把作者的稿费减发一半。"文革"起来，几个人自说自话成立一个"战斗队"，就可以随时到作家家里去贴一张大字报，勒令这个"地主资产阶级的孝子贤孙"把多年来已领去的稿费退回。总之，编辑也者，我们心目中是代表人民和党的，岂能有人反对，除非这作者是大官。所有这些，我在不同程度上都参与过，那要用来编《读书》杂志，岂非南辕北辙。

这作风，八十年代开始，在冯老这些老人家领导下，在《读书》杂志可以说砸个粉碎。冯老外号"二哥"，在文化圈内以善交往和排难解纷著称。在他指领下，出去做事，一改过去的作风，简直无往而不利。譬如说，在我原来的工作环境里，五十年代末一次下乡劳动时我同一位老编辑在工余多谈了一些《围城》，回来差不多挨批。到《读书》一办，冯老带头率领一帮年轻人去见钱锺书、金克木等，给刊物带来生气。没有冯老，在这方面是绝对打不开局面的。

有人说冯老是"海派"，这也许不假。可是"海派"在当年似乎并不是一个好词。我早就听说一个故事："文革"结束，好多老人得到平反，冯亦代先生当时提出希望去一个权威的外国文学研究单位工作。传闻这研究所里一位老前辈竭力反对冯老进去，理由就是冯老是海派。大概在京派老人看来，海派是做不成大事的。当然彼此的文学主张也自然不同，据说这位老人后来还曾竭力反对出版美国流行文学作品，一直上告到主管当局。可是冯老不同，带领我们访京派，见海派，找左派，认右派，无不兴高采烈，侃侃而谈，一无门户偏见。当然我们自己还是有一定之规。在冯老指点下，我立即响应他的"广交朋友"办法，想法把刊物办得活起来。人们都说《读书》杂志是主张所谓"自由主义"的，其实新左派一露头，《读书》就立即最早发表他们的主张。一九九四年有关新左派主张的文章发出后，领导层里没有一个人起来指责我。"杂志"也者，"杂"就好，这是冯老和陈原他们的一贯主张。他们所反对的，仅仅是当了编辑就假借职权打别人棍子。另外，就是他们一贯主张文章要让人可以读懂，不要云山雾罩，更不要虚张声势。这是因为他们不主张把《读书》办成学术刊物，尤其是只代表一个学派的学术刊物。这不是说办成学术刊物就不好，而是因为这不是当年办《读书》的初衷。

冯老对《读书》的更大的贡献是帮我们打通了海外通道。办杂志而大量刊用海外当地作家的专栏（而不只是我们驻外记者的作品），应当说是从《读书》始，而当年也似乎只有《读书》办得到。原因也简单，那是因为我们有了冯老。这里不想列举董鼎山先生等一大串名字，只想举一件小事：接待韩素音。这位海外名流来到中国，我们有幸由冯老出面单独宴请，席间知道海外有个新动向，出了一本新书：《第三次浪潮》。我们决心由此突破，大力引进新思潮。事实证明这是完全成功的。现在的读者想象不出我们当年的孤陋。我在迎韩的宴会上，向她请教的是以后接待外宾要穿什么服饰。今天的年轻朋友听到，得笑歪大牙。

完全可以说，没有冯老，就没有当年的《读书》杂志。

二〇〇五年四月

# 值得怀念的时代和值得怀念的人

　　当代大陆的各派思想家们常常争论中国上世纪六十年代初所谓的"三年困难时期"的情况。此来彼去，热烈讨论那时究竟饿死过多少万人，出了哪些问题，责任又该在谁谁。这类大事，愚鲁如我，实在无法置喙。但是，一读到这类文字，我会立即想到自己在当年可悲而又滑稽可笑的处境，想到一些难忘的人和事情。

　　一九五七年，我侥幸没划上"右派"。一九五八年，因此大为积极。凭我的羸弱，居然是大炼钢铁的积极分子。我们把每家每户的废铁乃至有用的门锁、铁链都收过来，连夜投入炉内融化。当晚炼完铁，几个长者带领我们去附近的"大酒缸"喝"老白干"。后面这一场景，最为激动人心，但令我今天仍然纳罕的是，在这种场合，居然在喝酒的时候没人会发牢骚，人人只求把自己灌醉，然后心安。

一九五八年我在全体人员大会上交了心，检讨自己"走白专道路"的错误。所谓"白专"，说的是自己读了一些马恩关于宗教问题的著作后，又去研读了几本他们批判过的原著。大会上一片批判声，只有一位宋家修先生说了公道话。他指出，我的根本问题是书读得太少，根本无"专"之可言，何尝有"白专"之可批。可惜此公自身难保，他的话也就在一片喧嚷中淹没了。我的最后表态是以后决心同资产阶级读物"断绝关系"。

　　于是，上面觉得我这个青年虽然一九五七年有点右，但还是有药可救，于是，一九六一年，让我去河北高碑店公社参加"整社"，下乡锻炼，以观后效。

　　那年，在北京也已吃不大饱饭。我好歹已升入"糖豆干部"（科级，每月有糖和豆的供应），但为了以后能做"肉蛋干部"（处级，每月可供应肉和蛋），下狠心在农村大干一场。

　　到了高碑店，在住处一看，我的"同床"竟是高骏千老兄。高兄是人民文学出版社外文部的编辑，算是老熟人了。我那时也算是朝内大街一六六号大楼的活动分子。那个楼里有两家出版社，我到处串门走户，熟人不少。同高兄更有一缘：那年炼钢之余，要演话剧。我可能形象不佳，人们让我演一个被批判和遭诅咒的美国人。这我也认了，可是我不会打领带，又没西装，怎么办？一切一切，都由高兄协助。那时我拜他为师，第一件事就是学打领带。现在同卧一榻，自然更要向他学艺一番。我虽然被批过"白专道路"，但他的看法接近宋家修先生，劝我不要放弃努力。他是英语专家，但我不愿学英语，因为太帝国主义了。我在偷偷学德语，每天背《共产党宣言》，把"幽灵出没"之类弄得滚瓜烂熟，可他不喜欢德语。他每天自学阿拉伯语甚勤，因为他在编辑部要开拓这方面的文学出版业务。我一看阿拉伯文字母就吓回去了。后来我们俩达一协议：由他教我法语。那是他在燕京大学念书时的第二外语，熟透了的。

于是，我们两人每天"访贫问苦"、下田劳动之余，就偷偷叨咕那几句法语。一年下来，应当说念了不少，但是记得最牢的只有两个词，一个是 une pomme de terre，另一个是 bon appetit。前一个词意为"土豆"，可是法国人也怪，按法文原意那几个词的意思是"地里的苹果"。我和高兄，每月只有二十斤不到的粮食定量，不能不多吃白水煮土豆充饥。往往还不饱，于是一起下田去采野菜。每逢土豆到嘴，两人都得念叨一句法国话"地里的苹果"。你想，天天有"苹果"吃，多美！至于饭前，尽管粮食极少，我与高兄必然礼貌地说一句 bon appetit（好胃口）！这是法国人宴席上常用之客套话。

骏千兄不善言谈，但是在这种环境之中，自然要彼此多说身世。我奇怪的是，尽管我俩睡的是大炕，盖着破被子，可他睡前一定要换绸衬衣，据说否则睡不好。由这衬衣，我知道他如何由一个比较富裕之家的孩子，投身革命。他喜欢说爱德加·斯诺，以及他的《西行漫记》。他加入共青团比我早，觉悟自然比我高。只是他太爱文墨生涯，说到那些资产阶级作家，就一点也没批判态度了。又喜欢说外国电影。我小时候在上海美琪、光陆电影院似懂非懂地看过的原版电影，他说得滚瓜烂熟。记得有一部美国电影，名称叫《千金之子》，里面一个有音乐天才的年轻人喜好拳击，他爸爸很生气。有一次，父亲举起儿子的手，说明从钢琴家的手变而为拳击家的手是如何的堕落。老父亲有长篇激动人心的对白，我的英语程度只能听懂一小半。我问骏千兄，他居然原原本本都说得出来，我佩服得不得了。

在新中国成立后中国最困难的那一年头，我同这位奇人同卧一榻，白天奔走田间，采摘野菜为生，夜间连床共话，由他传授我种种学问知识，包括法国话，在我说来，可谓毕生幸事。"锻炼"结束，回到北京，我算是锻炼后处境大变，入党、结婚、被提拔……好事全没错过。但是真正有用的反倒是那些学过的外国话。有一次同一位领导对话，他居然发现我还从法文读过拉法格，于是推荐我进到上级机要部门编了多时"灰皮书""黄皮书"。可是高骏千这位老兄，却依然故我。"文革"之中，老兄处境当然很不顺畅。之后去美国定居。我在美国住过他家，按说更加可以连床共话，这时却再也提不起当年的兴趣了。

高兄不久前仙逝。在美多年，仍然不断研究老电影。积稿无数，至今在我案头。他对文学、对电影有太强烈的兴趣，加上遇事不肯苟就，不仅入党升官没他份，最后连个人婚姻也没"完成任务"。我同他在彼此生活最困难的一年，有过那么一段经历，我有幸在他带领下知道不少世事，又学得一些本领，应当是毕生一个难得的经历。由此，我不忘记那年代，更不能忘记老高这个人。

二〇〇五年十二月

# 少一些精神奴役的创伤

　　许觉民先生按年龄大概比我长十来岁，可是按我们行业中的辈分，他十十足足比我长一辈。他们这一代出版家同我们有一个重大区别：他们主要是为了理想做出版，而我们，至少是我，主要是为谋生和求职。同许先生认识很久，知道他是个敬业、和蔼的老干部，同有的老干部也许有些区别：他比较地没那么多"政治"，至少是没把"政治"成天挂在嘴上，用可以上得了桌面的话说，比较通情达理一些。

　　然而此公在"文革"中被斗得很凶。"文革"后期，大家都在算计什么时候从干校回到岗位上去。有人预测，老许怕是不行了。原因在何，也说不清，因为不在一个单位。这么一个精通业务的好干部没回到出版行业中来，对我来说不免纳罕。

幸而究竟皇天有眼，此公后来在社会科学院和北京图书馆两处又居高位。但见到面仍然谦和有加，称得上蔼然。

上月在上海小逛，偶然见到上海教育出版社出的《风雨故旧录》，许觉民先生的回忆文集，赶紧向"上教"的熟人讨取一本，回来研读。许老书中谈到的故旧，我只识得其中一半不到，而且多半是"仰之弥高"的文化界大人物，谈不到交情。但所说的故事，则不少有过传闻。

自然也有一些是彼此"感同身受"的。例如谈韦君宜时，提到一位"隐性领导"。许公厚道，不提名姓，但是我猜得出是谁。这位先生也很间接地领导过我。记得有一次斗争会上，此君一时性起，抡起拳头打人，而且理由充分：这个"阶级敌人"过去当然没少打过贫下中农，今天本人要为诸贫下中农申冤报仇。此君当年虽然职位不高，因有此等觉悟，简直人见人怕。许公描述说，连延安来的更老的老干部韦君宜都怕他，"那隐性领导成了太上皇"。而"韦君宜的胆怯，只因为是一九五七年的那块心病（为所谓'丁陈反党集团'事说过几句公道话），隐性领导是知道的，弄得她事事都没有主意"。"我看得出，她（指韦君宜）不整人，只要隐性领导不出场干预，她说话条理分明，有逻辑性，讲道理，不是糊涂人，更不是'左'的。"

诸如此类的文化界旧事，在书中着实不少。许公在"文革"之前似乎受厄不多，他在书中也说："五十年代中，风云诡谲，我驾着小舟绕礁石而过，幸好没遭没顶。"而且，他是主管出版、行政事务的副社长，加上他的随和，大概在社内往往以做"调人"称。周汝昌先生在关于北京生活五十年的回忆录《北斗京华》中，屡屡说到他当年在出版社的工作情景。周老在社内遇到了不平，总是要"为此找社长许觉民诉说"。而这么一位处事以公的人，在"文革"中却灾难临头，大小会批斗了他三百多次。例如，一个灾难是在社内积极发展民主党派成员。这本来是他这个社领导名分要做的事，却被认为是"脚踏两头船"，"一脚踏在无产阶级"，"另一脚踏在资产阶级"，"真心实意是在资产阶级"，"其政治目的是在一旦变天，就可以完全登上资产阶级的宝座"。我侥幸自己当年不在这家单位，不然，以那时的糊涂，也说不定会附和这类谬论。

读过这书，我正在侥幸自己没卷入上面这场风波，同时暗暗责备自己也有过的另一类的糊涂时，忽然读到许老写的《旧事新识》(《新民晚报》，二〇〇二年十二月二十五日）。许老举自己父亲的事为例说，人之所以甘受委屈和损害，作出种种违心的事，是出于博得上级欢心与信任这种"需要"。这一下子，他解释了《风雨故旧录》中许多故事的因由，也等于指出了我曾经有过的不少糊涂的因由。于是，老人慨叹说："千百年来造成的'精神奴役的创伤'的消除，是何等艰难啊！"

我把这篇文章细心剪下来，夹在《风雨故旧录》中。每当重读书中某些故事时，就拿出这份剪报来再读一过。我领会到，此书此文都是贯通的。看来，老人一边怀念往事，一边思索其中的哲理。到这境地，于是，风风雨雨，都已不再仅仅是过去的人和事，而有了新的生命和意义，这就是要让新的一代尽可能少一些"精神奴役的创伤"！

我们今天要知道这些"故旧"、这些"风雨"，其意义我想就在这里。

二〇〇三年三月

# 编辑与饮食

《视觉21》三周年特刊上，主编孙平先生大叹编杂志的苦经。他的一大苦事是：居然为了工作，"忍耐地吃了近一年千篇一律的快餐盒饭"，读来令人心酸。

我也曾是老编，自然也有苦经，不过，孙先生这样的苦头，我没吃过。我的苦经是常常要到上级机关去作检讨。编杂志这种事，四平八稳了对不起读者，归根结底是对不起党和人民。长了一些犄角，又容易出事，尽管自认为生这犄角还是为了党和人民的利益，但你水平太低，领会得不当，做得不合适，自然需要检讨。做过检讨，灰心丧气之余，所为何事：痛痛快快吃它一餐。

我编的是小刊物。我们当年，编辑部或在地下室，或在厂房，不成体统。本人忝为主编，文房四宝之外，斗室之内有三样不可少：冰箱，电砂锅，咖啡壶。电砂锅里经常炖着红烧肉，到时候，垂头丧气或兴高采烈地回到编辑部，肉香阵阵，好不刺激。然后邀约三二同事，打开冰箱里的"普京"（普通燕京啤酒），讨论过去、现在、未来，快何如之。这以后再看稿件、改校样，如得神助，灵感迭现。在心情振奋状态下，事情会越想越平和。适才做检讨时的满腹怨怼，抛到爪哇国去了。求"稳定"的心情不时呈现，最后有可能做到同上面的要求若合符节，功德圆满！

　　当然，上小馆亦可。这还可达到另一个目的：同作者交往。编辑也者，"交际草"之谓也。编辑而不交际，何来佳稿名作？有位记者在问孙先生编辑甘苦时顺便说了一句："你是老板，可以打打牙祭的。"其实，编辑"老板"可打牙祭是实，但十分辛苦。因为边打牙祭边在动脑筋如何取得稿件。更苦的是，动脑筋如何退稿。约稿要打牙祭，退稿更要打牙祭。当过编辑的都知道，组稿容易退稿难。打牙祭要花钱。一个编辑部一共只多少钱可供打牙祭？遇到这场合，我的口号是：左顾右盼。菜馆的 menu，从来是左边菜名，右边价钱。左顾右盼之后，大致一算，知所适从。当编辑的人还要学会当出纳的本领，好苦哟！

打牙祭多了，会遭内部机关生活方面的批评，怎么办？我的办法是请人们去读读老编辑的回忆和日记。当年开明书店各位前辈的日记出了不少，其中"招饮""小叙"之类记载屡见，更有"送一席去"之类的大动作。我经常录出一些名句，请同事瞻仰，说明编辑之需美食，古训昭然。当年上海四马路酒肆饭铺林立，想必小聚极易。编书与餐饮之关系，也许当年更为明白。

　　人谓编书犹如下厨，台北出版大家郝明义先生即有此论。我不当编辑多少年了。眼下编辑业绩全无，而下厨却成常事。对老了的编辑（不是"老编辑"，含义稍有不同）说来，应当说，下厨犹如编书吧！

　　总而言之，一当编辑，好比入了饮食业，你同饮食之道是脱不了干系了。

# 北京菜、苦瓜和诗

有朋自远方来，来的是香港诗人也斯，也就是香港岭南大学梁秉钧教授。梁教授把他在加拿大读大学的儿子也带来了。小梁先生从来没来过北京，我当然很愿意为他导游一番，但没时间。无奈之下，同他们上几次北京馆子吧。

谈起地道北京味的馆子，我居此虽已五十多年，却实在不很内行。五十年代初刚来北京，上小饭馆只会点一个菜：木须肉，附带吃木须饭。"木须"也者，据说即"木樨"，黄的炒鸡蛋加上黑色的木耳，大概同木樨花相像——不过说真的，当时我连什么是木樨花也茫然。后来同北京的小姐谈恋爱、结婚，老去岳家吃"肉饼"，觉得实在好吃——倒不全是因为当时爱得发了昏，什么都觉得好。婚后，太太妊娠，想吃一个叫什么"灌肠"的东西。六十年代初，所谓"三年困难时期"。现在年轻人中所谓自由派和新左派还在争论当时究竟困难有多大，但在我说，当时第一浮肿没劲，第二到处买不到食物，却都是事实。好歹从东单骑车到和平门，找到了所谓"灌肠"。喔！原来只是油炸的淀粉制品。尝了一下却真好吃！也不全因为有这历史因缘，它从此成为我的恩物。打这以后，"北京制造"的食肴源源进入家庭，至少每年除夕总要大吃一次"春饼"，是我们家中的大事一桩。

对北京菜有兴趣，还得感谢我学习做编辑时的一位导师：朱南铣先生。朱先生是清华高才生，"红学"专家。他博学多闻，学贯中西。大学里读的大概是逻辑哲学，可是我亲眼看他单凭查一本《佩文韵府》，就不知怎的给一本《历代名人年里碑传综表》找出了多少处"硬伤"。三联书店里，就数他有学问，也数他自由主义——不是现在艳称的"自由主义"，而是过去老挨批的那种自由主义。他夜里喝醉了可以倒卧街头，隔天让党委书记在大会上批评。朱先生不知怎的，对我这走"白专道路"的半知识分子还感兴趣，多次劝我跟他学艺，建议从做"棋史"入手。做不多久，我的"白专道路"挨批，于是改邪归正，一心一意研读马列，以后入党提干……表过不提。但不论如何，与朱先生共同嗜吃小馆的劲头不减。他当年常去的是一家在东四叫"灶温"的小饭馆。到了那里，老白干加上锅塌豆腐、炸酱面，还有什么"猫耳朵"之类。席间此公常说的话是，书不是像你们这样读的。他们当年，白天在清华听听课，晚上到广和听听戏，学问也就自然来了。你们组织这个那个学习组，临了倒没搞出什么来。

尽管我不是朱老的好学生，却总是他的座上客。直到一九六九年我们同去干校，他当时因为历史问题，成为管制对象，但还是偷偷约我去镇上喝酒。一次，他不免醉了一些，同我谈了许多家事，还背诵了不少在干校牛棚中写的诗。回来后，分手不久，听说有人在河旁挑水时溺水，救起来一看，果真是此老，已经一命呜呼了。

与朱南铣先生同席时的种种口腹享受，直到后来读唐鲁孙先生的论著时才懂得一些其中的文化涵蕴。例如"灶温"的特色和由来，唐著中就说得明明白白，我由是也喜欢上了唐鲁孙著作。在我还掌握一些出版小权时，颇想印一下唐著。托人去问台北有关出版社一位主持人，人称"姚阿姨"的出版家，能不能卖版权。回答说，姚阿姨打算自己到大陆来印。在大陆印书，谈何容易，因此这事似乎也没下文。这也好，可以让我这类总算读过唐著的人多些吹牛的机会。

写了千多字，还只是引子。下面就说说同大小二梁共进晚餐事。所谓宴请，只是两次。第一次上南城龙潭公园里的京华食苑。这家饭馆好在占地理优势，在一个刚修葺完事的公园里，小桥流水，相当幽静。要是客人多，可以到湖中岛上的亭子，不过我们那天没去。宴席厅也颇宁静，我请几位熟谙北京的同事一起去，点的菜无非是麻豆腐、炒烙炸、煎灌肠、干炸丸子、卤煮火烧、豆汁、马蹄火烧等等，大体是唐先生论著里提到过的，当然味儿想必大不如前了。卤煮火烧里有猪内脏，为我的恩物，颇虑为雅人所不屑，不料也都一扫而空。讲食经的人，肯为猪内脏说好话的不多。我只记得香港的陈存仁先生说过吃内脏有益的话。不论如何，更值得称道的是，五六个人吃下来，算账居然仅一百多元。这是吃北京家常菜不能不提到的优胜之处。

第二次，去东来顺吃涮羊肉。专家指导，说时下比较可吃的东来顺是建国门内海关旁边的那家。请没来过内地的香港小朋友吃涮锅，应当容易讨好，我看大家都能接受。

不过我的坏习惯是总要叫一盘羊尾，一人自涮自乐。这羊尾美物，在座仕女居然无一人肯问津，怪哉。顺便谈谈，那天同席的，有港台沪京四地的大名家陈冠中先生，当当书屋主人俞渝女士，京中名流于奇小姐，台北大块文化出版社徐淑卿女士，等等。吃完羊肉，各位仕女还有兴趣去一家意大利餐厅 Assaggi 喝咖啡，我究竟太老，虽有羊尾支持，也难顶住困劲，不得不在 Assaggi 略坐便告辞。后来刊出留影一张，其中也就没有我了。吃了中国涮羊肉后再喝意大利咖啡，想必别有滋味，但我已没法说了。

梁诗人其实也是个食客。他的诗集中专有一章名为"食事地志"，以食事喻诗情，极有味道。一首诗名《带一枚苦瓜旅行》。当然是喻情之作，我不解诗，未可深究。但是，我记得香港陈存仁医师对苦瓜的考证。他说苦瓜是三保太监带到中国来的，产在南中国，闽广更多，"至于江浙一带，则不知苦瓜为何物"。怪不得我直到中国大陆改革开放后，方在宴席上识得此物。但以后却实在爱上了它。也因此，禁不住反复诵读了几遍诗人诵苦瓜的名句：

它的外表还是晶莹如玉

澄澈得教人咀嚼可以开怀
我在说每个人该好好说的
明白的话里说我自己想说的
混乱的话，我独自摆放杯盘
隔着汪洋，但愿跟你一起
咀嚼清凉的瓜肉
总有那么多不如意的事情
人间总有它的缺憾
苦瓜明白的。

二〇〇二年八月

# 鲑鱼·鮰鱼·鳝鱼

　　前不久有幸读到也斯先生《带一枚苦瓜旅行》的名句，马上就想起恩伯托·艾柯的《带着鲑鱼去旅行》这一名篇。艾柯的书，说的虽然同也斯一样，是某种食物，含意似乎全然不同。他只不过是在借鲑鱼批判现代的计算机文明，没有像也斯那么多的深情寄托。这不去管它，在我们"好食之徒"看来，要讲究的是究竟这里的"鲑鱼"是什么，它怎么值得艾柯为它如此劳心费神，把一条熏鲑鱼从斯德哥尔摩带到伦敦，最后还落得个鱼变质生味，"当然不能吃了"的下场！

　　不懂意大利文，不知艾柯此书书名里说的究竟是哪种鱼。但既有识者译为"鲑鱼"，想当然，那大概是英语里的 Salmon，俄国人叫 Keta 的。若然，那不是"大马哈鱼"？这鱼同我也交往多年。小时候在上海，人们管它叫"东洋鱼"。我们穷人都是吃腌制的，虽然"生苦铁咸"（宁波话，喻其咸），也实在是佐餐的恩物。长大后到北京，发现它叫"大马哈鱼"，后来又叫"沙文鱼"，贵得非常。有时同外国商界朋友同去东华门护城河边的"四合院"议事，送上来菜单，我多半不识，端详良久，发现一个洋文依稀见过，是为 Salmon，当然就点它。于是在那里吃过多次 Salmon，自然比在上海时吃的精彩，但等来结账时一看，单这个菜就要二三百元，不免代人肉疼。

由 Salmon 想到吃鱼。正好，陈冠中老兄来北京。他给上海一个杂志写稿，那里寄来稿费托我转交。打电话约他见面。他是个识趣的文化人，立刻约我在某个餐馆见。我想到北京光华路东端的"吴越人家"，那里的鮰鱼尝过几次，也许不致在这位见多识广的名人前面"露怯"，就约在那里吧。

说实话，这次全是冲着鮰鱼去的。读了艾柯的谈鲑鱼，很自然的，因此鱼而移想别鱼，更想将西方鱼的胜境同中国鱼的实际相结合，于是把兴趣从此鱼移到彼鱼上去了。鮰鱼其物慕名已久，据说是湖北荆州的名菜。散文名家碧野多年前曾经为文描述过，题为《长江浪阔鮰鱼美》。他是老干部，当时大概还荣居湖北作协头头高位，在宴会中食得此物，信为美味，很让我辈一般读者垂涎三尺。他文末提到，正在试验人工饲养，不知会不会成功。成功以后，人们都可尝到，意思是说一般人在当时是不易尝到的了。以后，我作为"唐鲁孙迷"，又在唐著《说东道西》里读到过。唐先生对鲴鱼赞不绝口，用了不少品食家的美辞，如"膏润芳鲜""汤浓味厚""芳而不濡""爽而不腻""甘鲜腴肪""郁郁菲菲"等等。唐先生尤其赞扬的，是此物少刺，因为鱼类"肉越细嫩，冗刺越多"，鲴鱼恰无此弊。后来又有人告我，苏东坡曾有诗咏此鱼，我既只有心去设法"入肚"，也懒得去查考了。

"吴越人家"原是上海的面馆，近年在北京开了分店。主持人吴越人先生，因唐振常先生之介，在上海见过，英年才俊，印象很好。谈起唐老，作为历史学家和作者，他对我教诲甚多，说不胜说。单是饮食之道，我每去上海，总要请教。他最爱谈川菜，恰恰也是我的所爱。他进"吴越人家"吃饭，谈起某菜，必定要吩咐今天在其中多放点什么，少放点什么，宛如在家中聚餐。美食家而能如此同餐馆打成一片，吾辈信不逮矣。可惜的是，就这几年，唐老以及吴越人先生相继过世，这些风光无法"依旧"了。

"吴越人家"是苏州风味，进门就听到播放一片苏州评弹的声音。放的"开篇"，似乎多半是严调，故事多半是讲杜十娘怒沉百宝箱，似乎店主人特别偏爱这几出。这也对我胃口。我其实与苏州毫无因缘，反而曾是同它生活习常非常对立的"阿德哥"的门徒后辈。但在上海为佣做工，天天在"店堂"听惯了这些国粹的 aria，反倒有了感情。"吴越人家"的菜还喜放糖。甜得让喜辛爱辣的湖南名媛、贵州名编、京中名流许医农老人家大光其火，以致她多次向我表示，永不能进那里吃饭。不过我倒越来越喜欢这甜，总是埋怨店家来了北京以后太迁就京派，把糖放少了。

鮰鱼现在一定是人工饲养了，在北京不难吃到。我也在湖北饭馆吃到过几次。第一次是在东城大取灯胡同的一家，一盘鮰鱼二百多元，一咬牙点了，于是方知天下有此一味，不枉成了唐鲁孙、碧野这两位大家的信从者。但是，现在尝到苏州厨子加工的此鱼，觉得鮰鱼的特色更加发挥无遗。唐鲁孙先生上举种种佳词美饰，于此可说更加贴切无间。自然，肥腴之物加上甜美，有人不免觉得腻。不知道为什么我年过七十以后，越来越喜欢这种"腻"。原因究竟在何，也许有人认为还得请 Freud 来解决吧！

"吴越人家"尚有一我喜欢的美味：无锡脆鳝。北京有好几家做这味无锡菜，不知为什么，却总是做得不够松脆。按说北京的气候应比别处容易做到境界，但总只有"吴越人家"做的够味。除此之外，这里的好处还在卖阳春面和葱油热拌面这些大众面食。这是上海老百姓最大众化的食品。我在五十多年前度工读生涯时，因为要赶时间上学，没法吃上工作场所供应的伙食，每天靠面摊上的这类面条过日子。记得一九五〇年，阳春面在摊上只卖九分钱一碗，店里最多一角五分；当然大马路日升楼的沈大成要贵得多，但与我无涉。现在"吴越人家"每碗二元。五十多年只涨十几倍，似乎够公道。而他们的面条，特别"劲道"，比面摊好过百倍。吴越人先生过去对我说，那是因为他们自己做的面条，里面加了鸡蛋清。品酒美食过后，来阳春面一碗，既贵族又平民，颇合社会转型期之道，也与我理解的"后学"之搅七捻三、不论程式相一致，快何如之！

那天冠中兄请客，还邀请了吕彤邻、查建英、于奇、徐淑卿等各位女杰（也许还有豪男，恕我忘了），相聚极欢。临了结账，正好将陈兄的稿费花个一干二净。各位嘉宾闻讯大喜，均赞我善点菜，会谋划，我当然也高兴。

我只盼望下次还有人请我代转稿费给陈冠中先生，让我再表现一次自己点菜和谋划的才能。当然，下次不吃鲴鱼了。

二〇〇二年九月

# 带着臭豆腐去旅行

　　想再谈谈读了《带一枚苦瓜旅行》和《带着鲑鱼去旅行》后，自己有些什么想法。

　　我在想的是：要是我，带什么食物出去旅行呢？

　　左思右想，觉得是最好带一罐北京王致和的臭豆腐去旅行。这事说来话长，且容慢慢道来。

　　出身江浙的人，日常佳肴，往往有一味是臭的和霉的食物。这似乎是尽人皆知之事。来了北京，与"臭"绝缘多年。一九八四年有缘去香港公干，在北角某处一条街上，忽然闻到强烈的炸臭豆腐香味。似乎是五十年代后第一次闻到这味道，几乎陶醉，赶紧偷偷地大快朵颐。内地人第一次去香港，新奇之事尽多；不知为什么，北角的那股味道我总是忘怀不了。

　　我是上海人，按说并不最嗜臭。但我幼小在宁波商店学手艺，每天清早，要到一间湫隘的小屋子里的臭缸里捞取臭苋菜梗和臭冬瓜作菜肴，供一应店伙佐早餐。臭物捞出后，上面不免沾了不少蛆虫，要送到老主人的太太那里，让她一一捡出；一边捡，一边念"往生咒"，免得我们小孩子家无故杀生，造成祸孽。如是若干年，对臭物由厌恶到喜爱，直至后来不可一日无此君了。

年稍长以后，在柜台边读上海小报，慢慢晓得名人也有颇嗜此的。周作人很早就讲到它，不过他老是绍兴人，所说之"臭"，宁波人大多称"霉"（周作人当时也说，"名称有点缠夹"）。其实"霉XX"和"臭XX"吃起来各呈其妙，都是佐膳佳品。鲁迅先生似乎不大喜欢霉臭，大概是"五四"以后受科学熏陶所致。来北京后曾在周建老麾下工作，常见周师母，可惜当时地位悬殊，周师母虽然平和已极，也不敢贸然请教，不知研究科学的周三先生是否嗜"霉"好"臭"。

北京近年来总算能吃得到霉、臭两味了。宁波菜馆中，我常去的有两家：北新华街西中胡同的宁波宾馆，以及旧鼓楼大街的蒋家菜馆。他们有时将臭苋菜梗和臭豆腐合蒸在一起，取名"臭味相投"，把宁波人的自嘲精神表现得很可以了。再加一盘冷菜臭冬瓜，所谓宁波臭物，大抵已尽于此。我虽每去必吃这几色，但又觉得不够满足。说实话，主要是嫌它们臭得还不够。这自然可以理解：现在已经没有"造臭"的环境了（例如我上面说的那种放"臭缸"的湫隘小屋）。近十来年，去过几十次上海，似乎那里的各色"臭品"也使我觉得不带劲。只有一次在上海古北路状元楼，算是尝到一次够臭而又看上去卫生的臭冬瓜。我自幼对宁波人开的状元楼有好感，纯粹的宁波风味。过去似乎是在沪东，现在西边也有了。

顺便说说，蒋家菜馆的臭物让人不过瘾，而咸炝蟹却实在不赖。这似乎是专门从宁波运来的。安镇桥新开的张生记开业时颇想在北京自制咸炝蟹，有时真不错，有时不行。现在索性不做了。

谈起"霉"，在北京自然还得数咸亨酒家和孔乙己。近年在安立路的占越人家吃到过一两次胜于上面两家的霉千张，但以后似乎又不如了。最近与王蒙老兄共席。他告我，他在我诱骗下去他家附近的咸亨吃了几次霉千张，有几次居然吃得十分来劲。这使我大为惊讶。王兄是地道的北方人。我与他同席多次，一次是吃大闸蟹。人各两只，别人

带着臭豆腐去旅行　267

尚在"雕琢"，而王兄的分内却已须臾而尽。这使我大为惊讶。我虽然自小知道清道人日啖百蟹的故事，但清道人的弟子刘硕甫先生传授过我书法，亲口告诉我写字可以"意到笔不到"，吃大闸蟹却绝不可"意到"而已，必须精镂细挖，方可尽味。王兄此举，使我悟到南方人同北方人的巨大差异。现在王兄居然嗜霉千张，可见他真是从善如流，不愧是文学大家，怪不得既可写名世的长篇，又能作"笑而不答"之类杂文，而又各呈其妙。

谈了半天，无非是说北方颇少好的"臭货""霉货"。如是南人而居北方者应如何？根据我的经验，郑重推荐北方的一味绝好臭品：王致和臭豆腐。此物谈北方食物的大家多不屑提起。我只在当代大食家沈宏非先生文中偶一见及。他认为："南臭热烈豪迈，排山倒海，臭而烘烘；北臭则阴柔低荡，销魂蚀骨，臭也绵绵。"他说的"北臭"，明白地是指王致和臭豆腐。并且指示它的吃法：油炸窝头片后，抹上臭豆腐。他认为那味道是"刚柔并济，冰火相拥，悲喜交集的香臭大团圆"。居北京而又想过"臭"瘾者，不可不一读沈作。可以补充的是，据说王致和原在安徽，以后来京。说不定南北之"臭"出于同源呢！

台北郝明义先生来京，请他品尝这"悲喜交集的香臭大团圆"一次，郝兄居然欣赏。于是我们想到用王致和臭豆腐来促进两岸交流，赶紧买了几瓶，让他带回。后来考虑海关检查，未能带走。现在留着让我天天品此美味，时时回忆两岸的友谊，好不高兴煞人。

什么时候让我亲自带一罐王致和臭豆腐出国去旅行呢？

二○○二年十月

# 多吃虫子

　　谈食经，前些时候此间流传的有关图书，很少谈到云南菜。这也难怪，这些大多是港台作家的作品，同云南比较隔膜。除非少数抗战时在西南联大待过的，才同滇菜有感情，例如汪曾祺先生。唐鲁孙先生也曾谈及。唐振常教授在五六年前出的《颐之时》，到手之时，正是我初试滇菜之际，很想在这位待过云南的大食家那里找到一些对时下滇菜的好评。一读之下，大丧其气。唐先生说："近有昆明之行，对于云南菜大倒胃口，未食佳味，只得恶品。"此前不久，我也去了一次云南，说实话，对滇菜印象也平平，这当然是因为没有当地"识途老马"带领，只是吃些宾馆里的场面食物而已。

　　不过，近二三年，我倒成了北京的滇菜迷了。首先吸引我的是住处附近的云腾宾馆（东便门旁边）。接着，去

"茶马古道"。它开设后又迁址，现在东四环 SOHO 现代城。

　　未能忘情于滇菜，起因于五十来年前的回忆。五十年代初刚来北京，找了当年革命纪律的隙罅，溜到住处附近去上小馆。东单东观音寺胡同里开了一家康乐餐厅，在一个小四合院里，主人是位女士。餐厅布设得很典雅，有书画陈列。我们这帮江南小孩，自然啥也不懂，只想吃些窝窝头、馒头之外的东西。吃了几次，尝到一种"过桥米线"，叹为美味。过桥米线当年大概是五角一碗，即使按今天的标准看，做得也够地道。可是天哪！我当年的月薪才二十八元，够吃几次？幸而来京之时，母亲怕我初到北方给人骗走，在衬衣里缝了五十元人民币，供万一逃难之用。我到北京后见局面很稳定，将这五十元悄悄取出，全用在到康乐吃过桥米线和上别的饭馆吃木须肉了。我辈当年之"参加革命"，思想之不纯洁可见。现在"退休"，看到五十年代后参加革命者谓之"退休"，此前谓之离休，两者待遇判然有别，不免怏怏。然而念及当年自己偷偷吃过桥米线等不轨行为，心中也就释然了。

　　五十来年后，不免常常想到过桥米线，找地方大快朵颐。以后，有云南朋友送我一方云腿。我是金华火腿迷，

多吃虫子　**271**

现在见到别一品种的火腿，赶快大尝新鲜。我见过梁实秋先生谈云腿的文章，他的评论是"脂多肉厚"。说实话，金华火腿虽美，但其之不够肥腴，我常以为憾。云腿香味稍逊，但用以蒸食，其肥腴可为补充。我不知道如果用它来做"蜜汁火方"，其味如何？想象之下以为不会错。总之，我对北京的杭州菜馆做的蜜汁火方，是越来越不喜欢了，总想如何改进一下。喜欢云腿的另一原因是据说金庸先生喜欢它。此事台北近出薛兴国先生大作《吃一碗文化》也提到过。凡金迷者不可不注意及此。

与云腿同类的还有"徐家渡香肠"，蒸食极美。奇怪的是，此物只在"茶马古道"一家有。这徐家渡仿佛是上海地名，当然绝对不是。

尝云南菜，必然要吃菌类，汪曾祺先生有文道之甚详。"菌"也者，蘑菇之谓，是中餐中极普遍的食品，几乎任何一种风味的中餐中都有它的踪迹。明人潘之恒有《广菌谱》之作，其中已记载有云南产的鸡枞菌，可见历史悠久。汪曾祺先生最欣赏云南的干巴菌，誉为"味道最深刻（原文如此，并非误植），样子最难看"。他认为，此物入口之后，"只觉得：世界上还有这么好吃的东西？"因为它有"陈年宣威火腿香味、宁波油浸糟白鱼鲞香味、苏州风鸡香味、南京鸭胗肝香味，且杂有松毛的清香味"。此物我只在"茶马古道"尝过一次。当时宾客甚多，匆匆未及细品。以后不敢再尝，因为价钱太贵（近二百元一盘）。我常点的是鸡油菌，价钱仅上述十分之一，也好吃。但汪先生认为，这种菌"中看不中吃"。也许我辈水平（文化上和经济上），也只能到这功力了。诚望雄于资而志于吃者，去多试几次"干巴菌"，然后报道心得。

云南人民出版社两三年前出一书：《云南十八怪寻踪》，值得一读。一位大学教授评论此书说，"所谓'怪'，就是个性"，是为的评。这十几种"怪"中有一种是："蚂蚱当作下酒菜"。蚂蚱——蝗虫，拿来当菜吃。并不奇怪。但在云南，发展到"昆虫捉来皆为菜"，的确是洋洋大观了。北京的几家名厨过去有炸蝎子之类菜，鄙人所最嗜，现在似乎少见。像"茶马古道"的滇菜那样，一盘里有三种虫子，对我来说实在更加对劲。我最喜的一种昆虫是竹蛆，又名竹虫，下酒极美。说到酒，不能不提那里的"藏秘干红""藏秘干白"，我不知道为什么要叫"藏秘"，当然同西藏有关，但可在云南饭馆吃到。用竹蛆下"藏秘干红"，别具风味，只是这道美味没法请小姐同吃。与我同过席的小姐，只有著名的新东方英语学校的芦裔颖女士，叨在同乡，且有同好，肯同我一起赏光"竹蛆"，其余诸位皆仿佛见到了怪物，骇然而退。以后只好不点此物，而且为了礼貌，不得不虚伪地声明这类东西本来"上不得台盘"。不过说到滇菜，我还是劝告各位多吃虫子。

云南菜中的砂锅鸡自然也是名菜。但近来似乎吃到的好的不多。我想起王世襄老人多年前同我说过的一句话：现在吃宴席，最要命的是鸡没好鸡，菜没好菜。意谓鸡鸭和菜蔬都用了"催生"的办法，产量高了，质地却已大不如前。砂锅鸡之少佳品，原因莫如在此？

二〇〇三年一月

# 吃遍中国

在北京，除非为了临时果腹，我劝阁下千万别去写着"川鲁粤名菜"的食肆。你想想，一家馆子能同时做出这三种各各风味不同的菜，还有什么特色可言。

住在北京，一大好处就是能享受特色。因为它毕竟是首都，四方来朝，八面进献，各各自成特色。这逼得老北京风味步步后退。连涮羊肉、烤鸭，现在都有外地巨头在做，让全聚德、东来顺不能不让出地盘。老食客目前在北京可讲究的，是吃真正的地道各地风味。于是摸索出一条捷径：去各省市办事处的饭馆吃饭。

北京早就有各省市驻京办事处，由来已久。但是，过去只办行政事务，不在北京做零售，更不要说开饭馆。"文化大革命"早期，江青曾为四川驻京办大吵大闹，说那是李井泉驻京的特务机构，专门收集她的情报的。以后红卫兵大闹四川驻京办，着实热闹了一场。打这以后，驻京办当然销声匿迹。但是到现在，随着商务开展，驻京办不仅在在皆是，而且大多开有饭馆了。

即使好食如区区，也难以每个驻京办的饭店都去过。但不论去过多少处，似乎去一处，爱一处，因为毕竟都是北京当地难以吃到的中国名菜。例如，在下的老领导王子野先生是安徽人，恁多年来，此公总要鄙人陪他吃安徽菜，而终难如愿。现在我们只要去安徽驻京办，随时可吃上臭鳜鱼、安庆素火腿、徽州饼……可惜的是，当安徽驻京办开张之时，王先生已经驾鹤西去，只留鄙人在安徽驻京办凭吊了。

当代北京人好旅游，一个好去处是云南。云南八大怪，让许多北京人如醉如迷。云南的饮食也怪，如过桥米线、汽锅鸡、瓤百合……要在北京吃地道云南菜，常去的是东便门的云腾宾馆。这是云南地方政府开的，严格说还不算驻京办，但比云南驻京办较近市内，遂常为喜滇菜者所光顾。

有的菜馆开在驻京办里面，却不是驻京办开的，也往往有可吃之处。如张生记和楼外楼，一在浙江驻京办，一在杭州驻京办，都是吸引北京顾客吃杭州菜的好去处。尤其是张生记，下午六时后甭想找到座位。

眼下北京精明的食客，已有嫌省级驻京办的菜不够特色的，就去市级驻京办。如去四川驻京办的人太多，不少人改去成都驻京办。去福建驻京办的，不少改去福州驻京办。又有人说，更好的去处是福建长乐市的驻京办，更低一档，但更有特色，更可爱。

有时，去官方的驻京办次数多了，奉劝阁下去光顾一下民间的"驻京办"。例如云南傣家菜，北京已有多处。但不少人往往宁可去中央民族大学北路几个德宏傣族人开的小餐厅，认为那里的过桥米线更为过瘾。

总之，在北京吃各地驻京办（官方的和民间的）的饭馆，犹如吃遍了全中国——可以这么夸大地说。

二〇〇五年六月

# 北京小吃

　　小吃这玩意儿，最能表现国粹。北京这么一个帝王之都，近几百年来大小贵族千万臣民在这里休养生息，着实造就了一种全中国乃至全世界难以望其项背的"小吃文化"。要认真研究起来，足可写出一本几十万字的大著。

　　不过，眼下要在北京找一整套典型的小吃系列，越来越难了。一来是过去多少年不重视国粹。无怪乎唐鲁孙老先生每到行文描述大陆的饮食时，总要在文末慨叹时光不再，尽管我们对他慨叹的内容不会全部同意。二来是近十来年京城的现代化着实冲击了典型的北京小吃。例如，来北京的朋友大多喜欢逛东华门大街的小吃街——这是政府特许的一条小吃街。可是，天哪，这里有多少称得上"北京小吃"？更何况走在不远处，肯德基、必胜客等洋小吃始终宾朋满座。要是给唐鲁孙、梁实秋、邓云乡、金受申、徐霞村诸君子见到此类情景，还不要气个半死？！

不论如何，咱们来说说当今逛北京时还能尝到的一些小吃吧！

一，艾窝窝，又名爱窝窝。一种糯米粉制成的凉食。邓云乡先生说："苏州观前街黄天源，上海王家沙、沈大成、乔家栅等家的搋沙团子、刺毛团子，都是名店的名点，但总觉没有爱窝窝好吃。"这是回族同胞的食品，已在京流传多年。有一民谣用这食物喻人："艾窝窝砸金钱眼，粘有准！"北京西城有一道观"白云观"，其中有一口井，井里有一石眼，春节中，游客多以铜钱打这石眼，侥幸通过者，被认为有好运。这句民谣里说，若以艾窝窝去打这眼，准保通过。这个比喻很典型地说明大多数北京人的性格：粘有准。鄙人居京五十余年，对他们的"粘"，痛恨之至；又是对"粘"后的"准"，又佩服已极。谈北京小吃，不可不同时念及如此种种，方有意味。

二，萨其马。顾名思义，这是满文或蒙文的发音，但究竟是满还是蒙，专家们其说不一。据说它的做法是"以鸡蛋清和奶、糖、面粉调成糊状，用漏勺架在油锅上，将面糊炸成粉条一条的东西，然后在模子中以蜂蜜粘压成型，稍蒸之后，上面洒以熟芝麻或瓜子仁、青红丝，用刀切成长方块即成"。这是冬天的点心，入夏后，即使有售，质量也不大行了。食用之际，如能同时念及当年北京满、蒙、汉混居的盛景，更能念及汉人经多年平稳生活后的没落景况，当然更有意味。

三，小窝头和豌豆黄。相传是慈禧太后在西安"蒙难"时吃过的食物。回京后，她想再尝尝这些劳苦大众东西，要御厨房做。御厨房于是取其形式，而以栗子面等讲究的材料做成。现在去北京"仿膳"吃饭，人们必点这些甜品。此外还有一种"肉末烧饼"，相传亦为同一故事的产物。这些极普通的食品，必得伴以故事，方能令人大快朵颐。但单就"小窝头"来说，也实在不难吃，因为它是用栗子面做的。讲到这里，还可再提一下栗子。此物产北方，以河北良乡、涿县最佳。北京离良乡近，于是秋深之际，大街小巷，无处不见此物。居北京者，不可不一尝此妙物。

四，糖葫芦。此物近来在北京大行其道，做的人多半是外地来京的，因为做起来简单，遂多赖以为生。但这是地地道道的北京小吃。它是一串串由竹签穿成的干果，外面裹洒冰糖。干果中，以山里红（山楂）最多，也有用别的果品的。据说做时最难的是熬糖，过老过嫩都不行。现在用煤气灶、电炉熬，可以控制炉火，自然易于得心应手。这是让小姑娘高兴的恩物。京城之中现在还常见到妙龄少女，挟此一棒，边嚼边说，招摇过市。说到这里，还可补充两类好吃玩意儿：一是"拔丝XX"（XX指某种果品，如苹果、香蕉、山药），即在果品之外裹以糖稀。此物在街头不可得，在京派饭馆中作甜品来点。二是用山楂（山里红）做的种种小食，如金糕、果丹皮。老北京饭馆有金糕拌梨丝，是个好吃的凉小菜。有北京小姐留洋多年，问她想念什么吃的，往往答曰：果丹皮。

五，豆汁。这是最典型的北京饮品，大凡在北京待过的文化人，即使远离多年，也无不挂念此物。而来京的外地人，一尝即吐，简直视为毒物。它实际上是用绿豆面做成后使之发酵变质的"糟粕"。全世界的食客，大多有嗜臭之癖，尤以中国为最。在北京住得长了，初次尝后要吐，大约五六次，即嗜此不倦。喝豆汁的同时，必伴以咸疙瘩丝（疙瘩是蔓菁的别名）和焦圈（油炸食品）。说到北京的腐败变质的食物，还应当提一下麻豆腐和王致和的臭豆腐。前者即做豆汁时的沉淀物，用来炒菜，有异味。后者可说是一切国产臭品中的最臭的食物。将窝窝头（玉米面制成的京中最低级的食品）切片，烤热，涂以王致和臭豆腐后食用，则全地球中臭品中之美者，莫过于此了。

六，炒肝。有一首诗咏炒肝的："稠浓汤里煮肥肠，交易公平论块尝，谚语流行猪八戒，一声过市炒肝香。"这实际上是烩猪肠，肝也者，偶然见到一二片而已。汤肉满是葱蒜，用来抵消肥肠的膻气。此物大多用来作早餐，同时可用包子佐膳。自然，食量大些的，还可同时食用烧饼和炸油饼。北京的烧饼又名胡饼，据说东汉以来即有此物。有一种烧饼又名糖火烧，通州大顺斋作，市内也有见到。

至于油饼，类似上海的油条，为极其大众化的食品。近年北京摊贩多用薄塑料袋装热油饼，据说这会产生某种化学物质，导致男性不育。每日清晨，每见摩登仕女提这么一个塑料袋，欣然过市，不禁为他（她）惋惜不止。

七，灌肠。这是一种奇怪东西。与猪肠大概历史上有姻缘，现在已经全无关系了。它只是用淀粉做成一圆棍状东西，切成薄片，在猪油中炸熟。食时醮蒜泥盐水。切片厚薄，油的成分（据说要用几种动物油合成），都有讲究。而这盘蒜泥盐水，更是刺激得你苦恋不舍的一个重要根由。

八，爆肚。肚者，羊胃之谓，音"都"，千万不要读作"杜"。爆也者，指用热水烫。所要讲究的，除了爆的火候外，主要指所取羊胃脏的部位。普通的部位叫毛肚，嫩的、厚实的部位称肚仁、肚根、散丹、肚板、肚领，其中尤以肚仁为最佳。既然羊肚可以烫熟吃，羊肉当然尤其可以。这就是"涮羊肉"。那是京中名菜，不算小吃，从略。但由此连类而及，羊头肉却不得不一提。过去北京每至严冬，类有小贩叫卖此物。特点是切得绝薄，味道极鲜。现在北京偶有见到。台北作家逯耀东在新东安市场以此就黑咖啡吃，把古今中西都充分融会贯通了。

九，打卤面，炸酱面。北方人好吃面条，形形色色，不胜枚举。通俗些的，上面两种较有特色。同南边不同的，面都是干捞，无汤。卤和酱是北方主要拿手好戏，内行与外行做起来截然不同。这是经饱的食物，不只是点缀性的小吃。同样有名的经饱的面食，当然首推饺子。值得一提的是近年北京的饺子大行其道。不只可以随便买到速冻饺子，而且随处有饺子店。北京姑娘过去以能擀饺子皮、包饺子为绝活，现在想必早已退化，只能把它作为一项"虚拟"的项目了。

十，心里美。这是指一种内红外绿的萝卜，是过去多少年里北京人严冬中唯一的水果。现在北京冬天不只能随时吃到南方的果品，连花旗蜜橘、拉美香蕉都随处都是，再提它，就太"老土"了。但是，上小馆点一碟拌萝卜皮或糖醋萝卜丝，用来就"普京"吃，仍然别有风味。而由此念及北京姑娘的"心里美"，则是永远值得记惦的。

二〇〇五年七月

# 酒中的糟糠之妻

　　北京从来是傲慢、骄横的，几百年来。要在北京看到雄伟并不难，究竟这里是多少年里、多少朝代的首都。这里那里一座不起眼的四合院，说起来，可能有某个大人物的远亲近邻住过，而且往往在你读过的史籍里见过他或她的名字。这还不吓得你一跳！

　　眼下要在北京喝酒，还不是处处都能喝到全中国、全世界的名牌酒，足让你显示一番京中的大佬气派。在三里屯酒吧，开酒是主要的消费。一晚上下来，要是诚心同朋友共醉，花个千儿八百是常事。

　　不是怕你花不起这么些钱，只是觉得，这样你怎么去体会那些真正的老北京人，那些瞧着孤傲、落寞，可一打开话匣子又滔滔不绝的地道北京普通人的灵魂和脉搏呢。

　　你不妨信步走到街头，找个小酒店，喝它一二瓶"普京"，或者"小二"。纵然没有朋友在一起，听听周边的人的言论，也许有某几个老人正在讲齐化门的往事，一些年轻朋友在议论娘儿们的新潮，说些"真 TMD 气人"之类语言，总之是很不"贝多芬"的嘈杂的声音，也忒有趣。要是有朋友在一起，更好。来一点凉菜，诸如酥鱼、豆酱、糖醋萝卜丝、萝卜皮、芥末墩……再尝尝羊蝎子、麻豆腐、灌肠……那过的就是个地道的北京劳动人民的富足日子了。

"普京"也者，同俄国人一无关系，无非是"普通燕京"之简称。"燕京"是北京有名的啤酒厂，名声当然及不上"青岛"，也没听说像"青岛"那样有德国人或别国的背景，但高档的"燕京"往往标出是人民大会堂专用酒，也够神气。"普京"自然没这么显赫，但究竟价钱便宜（市售每瓶人民币一元五角），又比较恬淡，于是成为京中胡同串子们的恩物。至于"小二"乃是小瓶二锅头的简称。"二锅头"也者，是北方的一种酿酒法，即将蒸出的酒重烤一次，或称回龙酒。这酒有何妙处，要专家来说。但到了席上，尤其是装上小瓶，则是北方普罗大众日常的精神调剂品。过去，北京有"大酒缸"之设，即一些最大众化的酒肆，屋内有一两个大酒缸，上铺厚木板，酒徒们即在其上大快朵颐。记得我辈外地人初来北京，欲知北京混子的种种究竟，非上这里不可。尤其是劳动之余，出了一身臭汗，上那里二两"老白干"一灌，快何如之。现在"大酒缸"已难得，幸而还有"普京""小二"，使人觉得国粹犹在，不至于"全盘西化"。

酒有自己的生命和尊严。"普京"和"小二"虽然价钱便宜，却仍然有自己的品格。那品格，就好比如自己府上糟糠之妻，踏实，平正——虽则欠些骚劲儿。那些红红白白的洋酒，几百上千一瓶的，好也许是好，终究只是情人。你如果倾心于它们，自然浪漫、激情，但要是财富或精力不足，终究只是让你暗恋而已。不如家中的黄脸婆，恁多无言的亲热，恁多沉静的相许。清代张苣有"饮酒八味"说。如果你要做到他所说的"红袖偎歌，青衣进爵，软玉温香，浅斟低唱"，自然非找情人般的酒不可。此外，无论"临风寄调，对月高歌"，"珍羞罗列，灯火辉煌"，而尤其是"四座喧呼，言多市井"，则席上似乎非此二物不可。此盖糟糠妻之依顺性格所在也！

别老在外面浪荡了，赶快去亲近自己的太太——去喝"普京"和"小二"吧！

二〇〇五年十月

# "普京"和"小二"

　　我们这种上了年纪的人，一个习惯（或称恶习，或曰良癖，依阅者看法定），是手上一拿起笔杆，自然而然，总要想想马恩列斯在自己要写的这方面说过些什么。写了几篇"吃"，自然马上想起马列在这方面有过什么教导。

　　说实话，搜索枯肠，想到的教导并不多。但是有一篇列宁的文章却立刻浮上心头。列宁在一九二一年写过一篇杂文《一本有才气的书》。文中讲一个对苏联"忿恨得几乎要发疯的白卫分子"阿威尔岑柯写的书《插到革命背上的十二把刀子》，认为作者"以惊人的才华刻画了旧俄罗斯的代表人物……的感受和情绪"，而书中"真正动人的地方，还是在作者谈到吃的时候"。他写出"旧俄罗斯的阔人们怎样大吃大喝"，"馋涎欲滴地描绘着这一切。这是他熟悉的，这是他体验过和感受过的，他在这方面是不会搞错的。情况非常熟悉，描写十分逼真"。

连列宁都夸奖这是"一本有才气的书"，说书中有几篇"值得转载"，还要奖励这个"有才气的人"。我当年的职业冲劲，是立刻想找这本俄文书来看一下，然后找人把它翻出来。不知什么原因，没有如愿，但一谈起"吃"，我总是马上想到四十来年前这一段阅读因缘。

吃也者，尤其是"大吃大喝"，当然是有产者的特权。列宁说得不错。但"小吃小喝"又如何？每当我因吃喝，因想起列宁的谴责而内疚的时候，总是想到这一层。何况还有更深一层：无产者执政了，掌权了又如何？

后者不敢想下去，也与我无涉。而"小吃小喝"，却始终是我关注的。譬如说"喝"，凡是客人来京，不管海外华裔，海内名流，我总是奉劝喝两种酒："普京"和"小二"。大饭店的服务员不解这两者的含义，更有甚者，以为我们在谈政治笑话，想当然地以为"普京"是指伏特加等等。其实，"普京"也者，"普通燕京"之简称；"小二"则指"小瓶二锅头"。这大概是北京啤酒和白酒中最便宜的两种。我进饭馆，总是先看看它们冰箱中有没有放着"普京"，如果没有，往往立即掉首不顾而去。当然，大的饭店中简直没有也不解何谓"普京"，但现在却确实连一些大饭店也有了。

这些廉价酒好在哪里，我不会说。也许正因为我不懂酒，才觉得必须饮此二者，否则等于浪费。记得一九八四年我首次去香港，老朋友们听说鄙人有口腹之患，举办了名酒盛宴。我发现他们准备了一种"黄酒"，瓶子上写的诸多外国字中只有两个字母认识：XO，频频劝我进饮。我以为黄酒之物，我们江浙人素不惧怕，至多有些后劲，回家以后头昏乏力而已。于是一杯杯下肚，不料十杯不到，记得有个菜叫"蛇羹"的刚端上来，正想大快朵颐，怎么一来，人却钻进桌底起不来了。以后种种，都已不复省记。从此害怕这 XO 两个字母。后来有识者告我，这一桌饭，单酒资就化了多少多少。从此以后，我更爱"普京"及其类似物，差不多到了当今俄国少女之"非普京那样的男子不嫁"的程度。

对"小二"的感情起自一九五八年大炼钢铁。不知怎么一来，五八年十月以后，刚传达了毛主席在武汉"老通成"吃豆皮的动人情景，不久就要大家在后院炼钢了。我刚作过走"白专道路"的自我批评，自然勇于参加炼钢队伍。白天黑夜地把办公室和家中的一切铁器化为火红的铁水，浇成一个个锭子。累极乏极之后，深夜随长者去"大酒缸"消遣。我由此知道，"大吃大喝"固然是有产者的特权，"小吃小喝"却是劳动者不可或缺的精神出路。只有在这时，白酒才是真正的恩物。直到现在，我不幸不再是体力劳动者了，但只有回想此情此景，喝起"小二"来才能带劲。（写到这里，不妨补充一笔：不知怎的，我对一九五八年上级的种种传达，不少已难省记，却总是记得毛主席到"老通成"吃豆皮的故事。他老人家深夜到武汉，当地领导让厨师连夜生火做成豆皮供膳。我不解豆皮何物，却总是牢记不忘这故事。七十年代下放湖北干校，在咸宁似未找到此物。改革开放后，才在北京大快朵颐。此情此景，容以后写鄂菜时再细说。）

喝"普京""小二"，自然没法同时吃鱼翅海参。"小喝"的同时，必然要"小吃"。在北京，前几年盛行河南红焖羊肉，这几年到处都是羊蝎子，都是下这类酒的妙品。羊蝎子也者，其实是羊的脊梁骨，加佐料熬炖而成，想必在北京流行已久。但我这居京五十余年的外来户，至少在前四十年没注意到它。近五六年才着实喜欢上了。"小二"

加上啃这些骨头，大可消耗二三小时。有的饭馆，还有年轻朋友自己开车来吃羊蝎子的，吃时骨头吐得满地。我知道，这些朋友素常的文明程度肯定比我高，所以愿意随地吐骨头，只是发泄而已。这也算得上京中文化一景。想到这里，心里也就泰然。不过，我以为无论是下"小二"或"普京"，吃"红焖羊肉"可能更有滋味。这几年大概河南人有点怕北京人，不到这里打理红焖羊肉了。有一年同台北林载爵兄就着实享受过一次，我看他由此喜欢上了"小二"，每次都要买些带回去。

除掉这些美国社会学家马文·哈理斯说的"肉食渴望"之外，北京还有不少可供下这类酒的非肉类佳品，譬如灌肠、麻豆腐、酥鱼之类。新东安市场里老北京小吃一条街里有不少佐酒妙品，但可惜的是这里不卖这类"贱酒"。还是去王府井步行街西南边的小吃街，花色更多，自然也更嘈杂。当然，也可以用贵州菜、云南菜下酒。常常去的是"三个贵州人""小贵州""云腾宾馆"等等。那里的场面不错，却供应这类"小喝"，是我辈"小吃小喝之徒"很感谢的。

当代品食大家沈宏非先生是我十分景仰的。他在一本书里郑重交代，他的品尝美食，都是自费，从来不揩公家的油。我看后十分脸红。因为鄙人上馆子喜欢讲"蹭"，极少自费。宁可不要任何工资外收入，只要请阁下惠账即可。这自然也为了省得税务局的先生、小姐们征收所得税时费事。但是，到了上述"小吃小喝"的关头，阁下如果愿意同我一起出去"普京"、羊蝎子一番，那我也会抢着付账。投桃报李，君子之风。尽管你的桃恁大，我的李恁小。

列宁在前面提到的文章里说过，大吃大喝是旧制度下有产者不值得称道的坏事。现在在新制度下谈谈小吃小喝，想可允许。普京先生的政绩、为人，革命领袖列宁是否嘉许，此为我辈所不知；但是说到在北京喝"普京"，我揣想，他老人家闻讯必曰：孺子可教也。

二〇〇二年十一月

# 从食素到主义

　　蔡澜先生有一文集《未能食素》，是我早年喜读的谈美食的图书之一。当年大读境外作家写的食经，油然而生的一个念头是：怎么能想办法到香港去住一阵，天天尝些美味。因为蔡澜以及其他诸贤所谈的美食，都在香港，不在什么尖沙咀金巴利道，便是湾仔的大王东街，叫我在北京哪里去找。天哪！那是上世纪八九十年代的一"念"之动，虽说已离"文革"十来年，脑子里有这种叛逆念头还是太不应该。赶紧打住！

　　但是蔡著这一名称从此深入脑海，原因无他："未能食素"，深得吾心！讲食经而进素餐，岂有此理。此所以鄙人虽然敬重及至畏惧酷喜素食的内人，而内心深处实不以为然也！蔡先生说，"我对肉类的兴趣不减，就像我不能抗拒雌性的诱惑一样"。对我辈处于衰退状态的老汉言，前半句自然是至理，后半句实在是力不能逮，除非指的是请我吃清炖老母鸡汤。

但也去过几次素菜馆。主要的原因，是要招待食素成癖的作家，特别是女作家——至今还少见男作家是嗜素的。三联书店附近灯市口大街的"绿色天食"，是常去的地方。同台湾历史小说大家林佩芬女士便几次在那里晤面。几次谈的都是闲话，没有考究食物。只觉得那里供应素啤酒，还让人高兴。结账时发现，价钱似高于对面的川菜或隔壁的西北羊肉。于是想想，一个人出家后要是专吃羊肉，不是比专门素食来得经济？李渔《闲情偶寄》中说，"饮食之道，脍不如肉，肉不如蔬，亦以其渐近自然也"。但这"渐近自然"的代价是不是太高一些呢？这些都是接受素食启蒙教育时的心情。

几个月前去了一次另一个素菜馆。那是台北《人间福报》主编永芸法师来京，应邀去柳芳南里的"荷塘月色"素食。那旁边有一排楼房，问下来原来其中有三联书店的宿舍，几位同事住在里边。而我这专门寻访北京餐馆的闲人居然忽视了这家餐馆，其之"憎素"可知。荷塘月色，盯美的名字，菜如何，实未细品，只因为那天忙于同法师谈话：我非常奇怪，一位大学中文系的高才生怎么会出家学佛。于是想方设法，反复诘问，法师耐心地对我解说佛法。我并没有因之大彻大悟，马上拜师出家，但确实发现法师言之成理，觉得法师这么皈依我佛，良有以也！连夜细读法师赠我的大著《梦回天台远》，见到法师再三告诫"一切皆乃因缘生灭"的真理，觉得透辟之至。这次宴席，因席上畅谈佛理，使我对素食开始产生一些好感了，至少是至今未能忘却当时的那份"因缘"。

最近一次"皆乃因缘生灭"而与食素结缘，是在上月。旅美作家於梨华来，我纠合一批北京文人欢迎。一位小姐力主去一素菜馆："百合素食"，在北三环蓟门桥。我知道同席的丁聪老人同我一样，是"未能食素"的。但丁夫人同意去，此老当然服从。到这饭馆后，看来普普通通，但一听介绍，觉得颇不简单。原来这里是一些素食主义者的集合地。主持人不为谋利，只为提倡素食。中午供应素食盒饭，每人八元。晚上的宴席，极为洁净。更有甚者，价钱低廉，我们十来个人，花费二百余元而已。

大家称赞菜好。只是不解的是，菜名多为荤菜，食之亦有荤味，而竟是素品。席上止庵兄对这种做法颇持异议。

他以为既叫素菜，最好戒绝荤名，不必借鱼、肉之依托来张扬素食。此见颇获赞同，连饭店主持人也同意，只是希望以后慢慢改进。

归来以后，再问有关朋友，方知这里二楼还有佛堂，时常有高人宣佛。可惜我未得见。

这次经验使我对素食颇有敬意了。各行各业，总要有一理想，进而有一主义，才能全身心投入，完全做好。这里的素菜馆，是秉承一种信念而开办的。它至今并未彻底改变我"未能食素"的习惯，但我对这些素食主义者，深怀敬意矣！三种素食经验，正在慢慢改变我的观念。什么时候才能生一因缘让我彻底转变呢？我不知道。但又转念一想，世间不是还有酒肉和尚，而且近来很受人称赞的么？

# 王老教我做菜

　　文物出版社近出《王世襄》（中国文博名家画传）一书（晨舟著）是一本很值得一读的书。我认识王老早于著者，但读了本书，方知王老的博大精深，远远超过我原先的了解。晨舟先生还说，现在他写的还只是"一幅素描的轮廓，还需要仔细地刻画"；"这本书的出版并不是一个结束，而是一个开始，是研究王世襄的一个新起点"。

　　我于文物，于艺术，可谓一团漆黑。对王世襄研究之感兴趣，除了附庸风雅，更由于王老之善于品食。而王老品食的特色，不仅在于善于指点和品尝别人做的菜，而且擅长烹调——亲自下厨。这是文人中极为罕见的。在上举书中，亦有专节谈到王老这一特点。

　　六十年代末七十年代初同王老在一个干校劳动，但并不熟。干校回来后，因《读书》杂志和其他种种因缘，熟了起来，于是得以常常品尝王老的名菜，以致向他学习厨艺。

照我从旁远远看来，王老下厨做的菜，所以能够味道好，令人口吻生香，首先得益于他不辞辛苦，亲自采购选材。我和他家当年都在朝内菜市场附近，清早七点多，我看他就推着自行车在菜市场门口等市场开门了。我很奇怪，询以原因，原来他要赶早买到新鲜的菜蔬鱼肉。晚了，就可能不新鲜了，或者已都是挑剩的了。接着，我看他回家亲自或和夫人一起洗切。特别是菜蔬，把不新鲜的和蔫老的一一挑掉，精挑细拣，十分费劲。

如果某天朋友请他去参加便宴，于是此老骑着自行车，车前挂着挑洗后的菜蔬，车后捆着他自己专用的锅勺，兴致勃勃，来到尊府烧烹并赴宴。当年东城朝内南小街上，有时可见到此老如此身影，飞车过市。谁能想到，这是一位举国闻名的文物名家正去亲自赴宴。从此老的经历看，当年必常有着燕尾服赴宴的光景。而今日能与此老如此共席，当为殊荣。

我有此种殊荣多次，尝到不少他的名菜。我特别爱吃他做的两个家常菜：一是"葱烧海参"，一是"麻豆腐"。于是请教手艺，在旁看他操作一两次，似乎学会了一些，以后，成为我招待客人的"看家菜"了。我知道，这绝不是此老的看家本领，而毋宁是我的见少识窄而已。

所谓"葱烧海参"，其实不用海参，而用大虾米干代替。用北京的大葱葱白，切段，与虾米共烹，上席的确有海参的味道，仿佛是山东名菜。至于"麻豆腐"，我这上海人从未见过，一次尝他所做而生喜，于是进而请教。他介绍我哪里去买，如何做——以后越吃越有味道。直至今日，品食水平已经上升到非羊油炒麻豆腐不过瘾，而不能只用素油代替了。

向王老学厨艺，我是永远毕不了业的。主要的原因是，他是文物专家，学问渊博。而我于艺术、文物，实在一窍不通。厨艺也者，不只是手艺，更是一门文化。与王老共饭，或者进而品尝王老厨艺，最重要的是听此老畅谈文化。不仅是品味评菜，而且是畅谈文物。就中特别应当一提的，是王夫人袁荃猷女士。关于师母，时人知之甚少，其实她是难得的音乐史专家，又擅剪纸。三联书店近出她的剪纸作品集，收集名作多帧，是一本十分珍贵的书。

二〇〇三年二月

# 世界文化视野里的饮食之道

　　我素好饮食，特爱上小馆。老了以后，身上什么器官都在迅速退化中，唯独肠胃的功能退化得比较慢，还能跟年轻朋友比比高低。职业是编书匠，工作就是同文人学者说短论长，于是饭馆成为最好的聚会地方。近十多年来，喜欢同朋友说的话是：咱们哪天找地方叙叙！这"叙叙"，不是去中山公园，也不是逛天安门，而一定是去某家餐馆大快朵颐。

　　因为好吃，也就爱读关于吃的书。职业关系，可以说，我是收罗海内外关于吃的中文书比较多、比较早的一个。近一二十年，隔三岔五也要去外国转转，于是也关心西方人的饮食。可是，大概除了咖啡、甜点和洋酒之外，我实在对西方人的烹饪没有什么了解。自己知道这属于一种欠缺。我每到纽约，最高兴的是去唐人街、弗拉盛买鱼肉海鲜，用典型的中国方法做一些菜，让下一代及其朋友们品尝。人们格于礼数，自然啧啧称美，于是更使我想不到要去弥补这一欠缺。我的一些长辈，例如出版界元老陈原先生，就有极宽广的国际视野。我常同他共餐。他除了广东老派（并非港派）的中餐外，所好就是西餐，特别是牛排。那个 steak，又只要五六成熟，我屡屡陪他共餐，几乎成了我的西餐启蒙食物。可惜我在这方面跟他学习得太少。

理性告诉我，西方的食物能为世界上这么多人所喜爱，自必有其优胜之处。我读过一些谈西餐的文章，至今印象犹深。例如，我略懂俄语，所以也喜欢有些俄国菜，特别是那个罗宋汤（borsch）。我在十来年前读到胡金铨先生的一篇文章，讲他在伦敦一家白俄开的餐厅吃的 borsch，那做法，令我大为钦羡，可是我从来没去过英国和俄国，无法享受。在北京，当共青团员时团组织就组织我们去"莫斯科餐厅"吃过这菜，至今也许吃了上百次了，却总是品不出胡先生说的那味道。这让我不能不同西餐有了隔阂。于是，在这世界上时时刻刻都在讨论"比较""融合"之际，我在饮食上却是落后了。现在中国大陆的书市开始注意出版谈饮食的书，但奇怪的是，别的方面讲创新，这方面最热闹的却是复旧和补课。谁说得出几十年前某个中国名菜的奥妙，谁就是大行家。

我现在找到了一位老师：张融融女士。她与我过去是同行，都是所谓传媒工作者，但不认识。近些时候我们在旧金山见面，共饭又同游。我由是知道她既擅文墨，又通中西的饮食之道。其后读到她的近作，大开眼界。她久居美国，又是一个有心人，有丰富的实际经验，同我们这类"土鳖"比起来，不可同日而语。我相信她的这类著作，有开放心胸的中国年轻读者会非常喜欢的。我虽已经老朽，但是倘若方便，也很想尝试一下她提到的美式馄饨汤和水煮咸牛肉之类。总之，谈起饮食，我想特别说一下，我们现在很需要从世界文化视野来看饮食之道，而不是仅仅固守中国历史上某个大人物品尝过的若干美味佳肴不放。也许这暗合西方的某种"后"什么理论，这就更好，让我们来赶赶这时髦吧。当然，我的本意，只是觉得要补一下欠缺而已。

总之，我在旧金山拜了张融融这个师傅，相信我以后一定会在她不断指导下，在饮食之道上，好好学习，天天向上！

# "以食会友"考备

我当年追随的出版界前辈教导我，做文化工作要"以文会友"。我不长进，除爹娘给的名字里有一"文"字外，生平无文可以会友，乃篡改为"以食会友"。近十几年来，此语颇为人闻，于是《北京晚报》的朋友来约我写关于今年读过的"食经"。既已有"好食"的恶名，也只能勉强写一点。

今年在"食经"的出版上，似乎进步不少。过去这里反对吃喝玩乐，当然稿源枯竭。我辈要读食经，非得到港台去买不可。现在，不少港台的好书已经翻印过来了。特别值得一提的是唐鲁孙著作多种，都在今年由广西师范大学出版社出版。我见到已出的唐著共七种，其中两种专门说"吃"：《中国吃》《天下味》。还有两种不少地方说到饮食：《故园情》《大杂烩》。在我印象中，似乎还应有几种谈饮食的唐著，如《说东道西》《酸甜苦辣咸》，不知是我没见到，还是还没印出来。似乎还有一种《唐鲁孙说吃》，别的出版社以前已经出过了。关于唐著，海内外谈论者已多。逯耀东先生的序言中说得最贴切："唐鲁孙的馋人说馋，不但写出吃的味道，并且以吃的场景，衬托出吃的情趣，这是很难有人能比较的。"是的评。写到这里，想到逯君的《肚大能容》这一佳作。手边无书，但想来这并不是今年出的。

大陆写食经的大家自然多得是，绝对不让港台，如王世襄、唐振常、汪曾祺、陆文夫各位。今年看得到的是邓云乡老人的《云乡话食》。这位老人极其熟悉京师饮食，后来久居沪滨，是我所仅见的满口京片子的江南学人。书中写八方饮食，又有大量文化故事。此书收入河北教育出版社的《邓云乡集》。这套集子共十几册，一次出齐，为出版业的大手笔。而且其中每集都能单买。比这一代老人年轻的写家有赵珩，可惜他自《老饕漫笔》后，今年似未见新作。但眼下市上有此书今年的重印本。再年轻些的美食图书作者，今年书市上我见到古清生、洪烛所著《闲说中国美食》(中国文联出版社)。古先生曾著《左烧烤右煨汤》，颇别致。市上还有一本书名颇怪的书:《翻译家王汶的食谱》（百花文艺出版社）。食谱我一般是不买的，不过书名有"翻译家"三字，吸引了我。买后读过，发现书中说的食经的确有翻译家擅长的中西沟通之妙，可惜书中对文化着墨不多，谈操作之道较多。假如认识这位大家，去府上扰一顿，才更有趣。写到这里，我想到一位也擅长中西饮食交流的作者——张融融女士。她久居美国，在那里研究烧中国菜，往往有新异的发现。似乎她今年在这里出了不止一本食经，不过我手边没找到，多半是借给朋友去看了。

大陆有把文人谈饮食的美文编集的传统，过去出过一些。今年见到两种:《文人饮食谭》（范用编，生活·读书·新知三联书店出版），和《文学的餐桌》（焦桐主编，广西师范大学出版社出版）。前书比较传统，所收作品大多是夏丏尊、周作人等传诵一时的名作。后一本编者大概是境外的，收入境外佳作居多，极有新意。此书有北京大学陈平原教授序，指出:"台湾作家比我们幸运，以美文写美食，这条线，半个多世纪以来一直没断……这本《文学的餐桌》，还是让我大开眼界。真没想到，竟然有这么多作家精于此道，也乐于此道。"

近年关于饮食图书的出版，有一新现象，便是不断有新的译作问世。今年可以一读的是三联书店出的《厨师之旅》，说一位名厨为了"寻觅世上最完美的饮食"所作的旅行。对我这种专跑本市曲里拐弯地方找脏兮兮小饭馆的俗人来说，读这些不免有些隔膜，但毕竟大开眼界。如果年轻三十岁，说不定也会有兴趣跑到西贡去吃眼镜蛇的心脏。

最后，不得不提两本有益的参考手册：《南方饮食掌故》《北方饮食掌故》（均为竞鸿主编，百花文艺出版社出版）。在膳饮之余，想知道一下今天所吃的名菜有什么典故，何妨一查，聊供谈助！再提一小事：多年想了解俄国菜，所得不多，日来在旧书店得一小书：《现代俄罗斯大众文化》（杨可、孙湘瑞著，中国经济出版社出版），其中有专章谈"俄式大餐与名人饮食"，读来极为过瘾。可见"馋书"作者甚多，大可发掘，出版业还大有可为。

# 回到"前现代"去

说起饮食，我很注意市上新出的几本谈后现代饮食的书，买来很费心地拜读一过。二十来年前很吃了"后现代"这劳什子的亏。自以为英文 post 这词至少认得它已几十年了，小时候在上海走过外白渡桥便见到邮局门口大招牌上有这词。哪知道现在这里居然不是"邮局"的意思了。编杂志时，便因此上了大当。因此以后一见"后……"，便心惊肉跳，以为天下又有新事要出现了。

饮食的后现代论，是是非非，不去说它。但看那些书后自省，不管时代的要求如何，在我这老迈的过时人来说，饮食的现代化已经吃不消，最好是回到前现代的年头。

天天去三联书店，要在美术馆附近找吃的。娃哈哈当然是常客。有一天看见那里菜单上有"烤子鱼"，赶紧点了。搬上来，很明显，那不是"烤子鱼"，而是"多春鱼"。

多春鱼不难吃，但我这上海人不服气，非要找店里争个明白。奇怪的是，店里的负责人说这就是"烤子鱼"。难道我在上海的二十年光阴白过了？争也争不清楚，幸好不久去新开张的苏浙汇吃饭，总算吃到了正宗的烤子鱼。可是过几个月去，在苏浙汇又点不到"烤子鱼"了，以为店里怕麻烦不做了。可是偶尔看到别人桌上还有，一问之下，方知现在这里已改名为"凤尾鱼"。凤尾鱼应是它的正名，只怪自己寡陋。好歹以后时常吃到，心就安了。

"苏浙汇"有恁多名菜，最有名的当然是鲥鱼。但我很少吃它。因为它太高级，我小时候在上海从未吃过。我只敢在有别人付账的宴席上点它。我喜欢吃苏浙汇的蛋烧肉。浓油赤酱，十足的上海味道，价钱也不贵。当然它似乎还比不上上海小店的"老外婆红烧肉"，但是既然不在上海，如此也就满足了。

我不知道北京饮食的现代化甚或后现代化的标志是不是菜肴的辛辣化。不管理论如何，看来实际上在往这方向走。如果这解释可行，那更说明我在日离"后现代"。因为我这老上海人实在没法接受够多的辛辣刺激。每天中午，在东四或美术馆周围，我最有兴趣去找老式的乃至有点脏兮兮的并不专做辣菜的小饭馆。美术馆东门的公共厕所对门，有一家大槐树烤肉馆，是我近来常去的地方。烤肉在北京到处有，多数是韩式的，我在纽约时喜欢上它，觉得它还可以让我在那里找到一些"东方"。北京的这家烤肉，纯粹用炭火，外加上烤馒头、窝窝头和疙瘩汤，让我完全回到几十年前在老北京旗人家里做女婿吃饭时的光景，很高兴。吃过中饭，门口一辆平板三轮上照例围了些老头在打扑克。起初以为是赌博，有一天看上了半个多小时，没发现有现金进出，大家只是好玩而已。那使我想到几十年前闲得发闷时打"克郎球"的情趣。

遇到有外地或海外朋友来，在那里吃烤肉太寒碜，于是往北多走几步，到一标着"老么摄影"的小巷，进去一家饭馆叫刘家大院。那是地道的北京小馆，有豆汁、灌肠以及种种地道的北京菜。最妙的是它本身就是一个四合院，院子里摆的是公共座，北房和两边是包间。有时我们也多走几步去隆福寺的白魁老号，那是更地道的北京清真菜。

说起清真菜，我也常去三联书店隔壁的一家叫黄河水的陕西面馆去吃羊肉泡馍和某某面。说是某某，因为它的广告写的字我完全不识，只能用手指点这点那。在那里的乐趣是从桌上可以遥望我的年轻同事们进进出出。要是某个领导机关要我监视这家书店进出的人们行踪，这是最佳据点。可惜的是，我三天两头在此，上级纪委还没将此重任交付给我。

清真菜吃多了，有一阵忽然来劲，往北走几步到钱粮胡同里去逛新疆饭馆。我很奇怪为什么这条小胡同里新疆同胞那么活跃，开了好几家有特色的饭馆。常去的一家是北疆的，叫鼎香餐厅；另一家是南疆的，叫亚克西大胡子。那些地方，一进门便闻见强烈的羊肉味，我因而不敢带女士来此。但是，也可以用别的方式约女士聚会：这里往东几十米，有家驯鹿咖啡馆，十足的现代气派。我自己去尝够了羊骚味，然后徜徉到"驯鹿"去与比较时髦的人物应另一约会，借机也让自己时髦一番，高兴时还能在那里说几句外国洋泾浜，其乐也无穷。近一阵的时髦是在这类场合讨论"凹造"。这两个字是洪大妹子在她的博客里提出来的，我正在深刻领会和研习之中。如此后现代，当然只能偶一为之。

这么"非后现代"甚或"非现代"下去，怎么办？我已有盘算：下一步，便是自己多下厨为自己和家人做菜。好歹已经退休赋闲，回到"前现代"恰是正道!

二〇〇六年六月